最近文库02

He Who
Touches the Ink
Shall Sink

近墨者墨

by
Wu Hong

吴　鸿著

新星出版社 NEW STAR PRESS

图书在版编目（CIP）数据

近墨者墨 / 吴鸿著. —北京：新星出版社，2012.11
ISBN 978-7-5133-0958-5

Ⅰ.①近… Ⅱ.①吴… Ⅲ.①随笔—作品集—中国—当代 Ⅳ.①I267.1

中国版本图书馆CIP数据核字(2012)第249682号

近墨者墨
吴　鸿　著

责 任 编 辑：	徐蕙蕙
责 任 印 制：	韦　舰
装 帧 设 计：	最近文化
出 版 发 行：	新星出版社
出 版 人：	谢　刚
社　　　址：	北京市西城区车公庄大街丙3号楼　100044
网　　　址：	www.newstarpress.com
电　　　话：	010-88310888
传　　　真：	010-65270449
法 律 顾 问：	北京市大成律师事务所
读 者 服 务：	010-88310800　service@newstarpress.com
邮 购 地 址：	北京市西城区车公庄大街丙3号楼　100044
印　　　刷：	三河市南阳印刷有限公司
开　　　本：	880mm×1230mm　1/32
印　　　张：	7.5
字　　　数：	136千字
版　　　次：	2012年11月第一版　2012年11月第一次印刷
书　　　号：	ISBN 978-7-5133-0958-5
定　　　价：	26.00元

版权所有，侵权必究；如有质量问题，请与出版社联系更换。

【序】

健康的文字才有力量

老愚

何时认识吴君，我已经不大记得了。总归是在京都的酒桌上，喝了几杯，便对上了眼。

他给人的感觉，一旦交了心，便可以托付一生。

五六年前，就从博客上看过他的文字，一见喜欢。当时我在新浪博客任职，便向新浪网友推荐过他的几篇妙文。文不必如其人，是对职业文人而言的，但吴鸿确属"文如其人"，文与人一一对应，读其文可识其人，见其人如见其文。

他的行文，看似老实，漫不经心，其实颇有机关，常有令人会心处。他以善意揣摩人心，于是便生出一个个富有意味的瞬间。比如写老总王益请客的那篇，就颇有令人咀嚼处："在座位上，他拿着菜单笑扯扯地说：'我们两个好哥们儿，我请你，你不准回请哈。要记到一辈子哈，一辈子不准还，让你娃欠我一辈子的情。'"作者把两人的关系写得令人眼热，"你看看，他就是那么真实的一个生意人，赚钱赚够了，还要来赚我的人情，这样的企业家不成功都不行。不过这样的人情我总是喜欢让他赚的，如果其他有钱人也来这样赚我的人情，我也是很乐意的。"

骨子里他还是一个诗人，朴实的文字时有华彩乐段。比如《在青岛，做一个幸福的人》的开头："好多树正吐着新芽，木樱花开得最艳，连枝干上都是花朵。海棠花繁盛，海风拂过，粉瓣翻飞在空中，有如美女拂肩而过，青春的味道让人鼻子痒痒。"这样的文字是有灵性的，会让人的感官活跃起来。

一脸阳光，两目纯净，简洁，有力，些许的幽默感。

这本集子是吴鸿这么些年的随笔菁华，编排依照他的人生喜好，先是书，其次是美食，再其次为游玩，最后是交友和日常生活感悟。读完此书，一个真实可亲的人就站在眼前了。真挚，坦荡，仁爱，诗意地生活在尘世之中。

他可谓一个不打折扣的书痴。淘书，谈书，编书，写书，这是他最重要的精神生活。读书识人，与读书人的交往，构成他人际关系的重要部分。他笔下的龚明德、冉云飞、伍立杨诸人，书生本色，痴得让人喜欢。

喝酒，最能体现他的性格，总是要抢着喝，直到倒下去。犹记得去年秋天在都江堰，一杯又一杯，连下酒菜也来不及吃，我们俩就晕晕乎乎，两个大老爷们儿抱在一起胡乱舞动。第二天，曹竞仁兄告诉我，是吴鸿把本人扛上宾馆大楼，安顿好我，他才一头扑倒去见周公。

至于美食，他是行家里手。他能吃出滋味，更能写出感觉。成都的苍蝇馆子，如数家珍，有的经他品评，立马摩肩接踵。

　　他的生活情态，全在文字里。我就不在此饶舌了，读者诸君，请掀开书页，径直走进一个好汉的人生世界吧。

　　谨以此为序。

作者于北京车公庄大街

二〇一二年九月三日

目录

今朝风日好	1
章衣萍写儿童作品	3
倪匡谈儿童读物	6
《新儿童的世界神话》	9
开明书店的两则广告	12
徐晋编《儿童活页文选》	15
错版《帝国主义》	18
了解一点陈衡哲	21
周简段是哪个？	24
文化白领董桥	28
萧乾先生放不下	32
胡适说无为政治	34
辜鸿铭说"改良"	35
"这不是反了么？"	36

稳不起咋办？	41
儒家不是宗教	44
好刀不是好的刀	47
天才也需要专业的编辑	50
认识了帕斯卡	51
握一把苍凉	56
这些山	58
真美	60
苏白肉豆汤饭	66
青城山脚罗鸡肉	69
荣园的菜	74
易姐跷脚牛肉	78
李记无名肥肠	82
酒囊话酒事	85
鱼香味	93

在台湾遭遇"圣帕"台风	97
玄奘千秋苦旅	103
高迪的教堂	106
春风有形在流水	108
从板桥到富顺	109
去西来镇玩了一天	112
十一月一日,洛带	115
在青岛,做一个幸福的人	118
我们的品味	120
鸟笼的故事	123
近墨者墨	125
凌文有大爱	128
"恐怖分子"余以键	131
与"恐怖分子"喝酒	134
盛老写《四川出版史话》	137
怀念盛寄萍先生	140

唐兴发队长	145
邓公看破红尘	152
长江来信	155
王跃的六百万	157
我记得，他记得	159
元旦，想起两首诗	163
一天	165
面朝大海，春暖花开	170
上帝的安排很有意思	173
成都地下铁	175
与每一位客人分享心时光	180
你是我的排骨	184
中国的太阳神	186
这是一个安桶儿的世界	189
得儿圆	191
林老师的"人生四诫"	194
婊子与牌坊	197

这个世界会好吗?	199
三件事	201
散步,一举三得	203
没有风雨躲得过	206
念念相续无有间断	208
刘人喜的一首神智诗	211
张新泉为"最近文化"诗	213
吴亦可的画	215
大猪小猪落玉盘	218
我是摄郎	221
2012,龙年第一日	224

今朝风日好

一

泰伦斯"真是一位非常古典的英国人,四十刚出头博览的群书比八十岁的老头还多,怎么看都不像一个在金融界讨生活的人"。一个完全不懂中文,却又十分倾心中国古玩的人,他迷恋中国的古董盒子比董桥还痴。

泰伦斯说"艺术不必言诠",他"绝不谈理论","全凭直觉判断中国文玩字画里的文化气息"。

看了董桥家里的中国画,他最喜欢的是丰子恺。看了《春日双蝶》他说平淡朴实叫人想家,看了一家人家在家门前扫地备茶的扇子画上题的"今朝风日好,或恐有人来",眼眶里泛起了薄薄的泪影,说丰子恺有"传教士的爱心"。

"今朝风日好",有泰伦斯从英国来,董桥好有兴致啊。

二

《今朝风日好》,香港牛津大学出版社出版,小开本,二百六十面。深绿色的封面，只有烫金的一色在封面上表现书名、作者和出版社的名字。十分雅致。

去年八月在台北诚品书店里，她款款地走进我的眼帘，一见钟情随我回了家。

没多久，在成都印象大书房看到了大陆作家出版社出的这本书，定价三十九元，一样的开本，一样的版式设计，看后却总觉没有我拥有的这本好。

封面变成了咖啡色，没有深绿的矜贵；内文的设计虽是一样，但给人的感觉散了些。是出版社将繁体转化为简体造成的，简体字笔画少些，其实出版社只需略改变一下字号与行距的关系就不会有散的感觉了，他们没有想到。

三

四十四篇小文还是那么董桥，说收藏说读书记人事，就像"把人生捏在手里爱捏成什么就捏出什么来"。文字就像个小姑娘，他怎么打扮她都是那样美，那样耐看，"笑起来一脸春天"。

文华还是那么"洋气"，我仍是读不懂他文中夹杂的英语讲的是什么。曾写过一篇《文化白领董桥》的小文，说他洋泾浜。

而这次给我的感觉是，如沐在春风中，"风很大，她的长发吹乱了还是好看"。

二〇〇八年三月五日

章衣萍写儿童作品

　　章衣萍(一九〇二——一九四六)是中国现代作家中的才子,因为"我的朋友胡适之"和"懒人的春天哪,我连女人的屁股都懒得摸了"为人诟病,让他一辈子没有伸到皮。前一句被列为"肉麻主义",后一句话,虽然在曹聚仁和温梓川的文章里已说他是冤枉,是他的绩溪同乡汪静之创作的,他只是引用收入了他的《枕上随笔》而已。而现在的文人们忙着去摸女人的屁股,懒得去还章衣萍的清白。温梓川说:"衣萍一生著作等身,已出版的著作有二十余种之多,但今日仍为世人所知的,恐怕也只有那部《情书一束》吧。"诚哉斯言,"摸屁股诗人"的称谓他还不知要背多少年。

　　章衣萍自我的评价很高,他曾很自信地写下诗句"敢说文章第一流"。他写作的体裁很广,小说、散文、诗歌、评论都有涉及。既然世人只知《情书一束》,那他还为儿童写了些什么就更是没有多少人知道了,也许人们根本就没有想到他还能写儿童作品,所以很少有人提及他在儿童文学方面的成果。

章衣萍的造句简洁，读他的文章"就像是吃冰淇淋，入口就化"，他自己说是为胡适抄写文章时，多多少少受有胡适的影响。他的儿童文学创作起于一次朋友的聚会，温梓川说："记得有一次谈起衣萍的文体，我说他那种浅显的文句，最适宜于写儿童文学。他应该走孙毓修的路子，中国的儿童读物也最缺乏。在座的章铁民也颇以为然。衣萍自然首肯，'一·二八'后，他果然出版了不少的儿童文学丛书。我相信衣萍在文坛上的地位，将来恐怕不会是《情书一束》，倒是那一大堆儿童文学丛书吧。"他还说章衣萍"为儿童书局写了几十种历史人物等儿童读物，裨益小学生不少"。

　　这里说的儿童书局是张一渠在上海办的专门出版儿童读物的书局，是中国的第一家。儿童书局出版的"中国名人故事丛书"三十种，其中除《岳飞》《花木兰》是他与夫人吴曙天合编的外，其余全是他编写的。

　　章衣萍为儿童写书十分认真，他在《马援》的序里说："无论做什么文章，没有比名人做传记，更使我感动而且麻烦的了。……我平生做文章，很少起草稿的。但这番替儿童书局写中国名人故事，有时竟不能不起草稿，而且再三修改。我为什么要这样小心呢？怕的是唐突古人，贻误少年读者而已。"他在《陶渊明》序里说他处处为小朋友着想，用趣味的笔法写趣味的诗人，把一些诗句译成白话，以便让孩子们更能懂得。

他在写作上虽说为了让小朋友们更易懂，而改了诗句为白话，但他行文从不端架子，像是跟小朋友们平等地交流，只要不是太深奥的引文，他都照录，相信小朋友们能理解。他为什么要写这个人物，在序文里都交代得详尽，采用了谁的观点，参照了哪些书籍也都交代得很清楚，正直而诚信。

他也知道一本书的教育意义，通过对人物描写，讲一些道理给小朋友们，亲切自然，不做作，也许这里面也有他自己的人生观。在《马援》的第27-28页，他说："读书人的一生，只求足食足衣，有一乘短毂的车，一匹马，做一个君吏，使乡里的人都说好，那就不错了。至于要多少钱，不过是自己找苦头吃罢了。"这么平易的话，相信好学的小朋友们都是能从中受到启发的。

章衣萍除"中国名人故事丛书"外，还为儿童书局写了大量的作品，如《儿童演说四讲》《儿童作文讲话》《我的儿时日记》《寄儿童们》《给小萍的二十封信》《我的祖母》《我的童年》等，还与林雪清合译了《苦儿努力记》。

章衣萍为儿童写的书，可以说超过他其他文学作品量的总和，人们不应因那两句"名言"而忽视他对中国文学的贡献，能为儿童写书的作家，是值得人们尊重的。

二〇〇九年十月二十五日

倪匡谈儿童读物

倪匡太有名了，不用我在这里介绍，要了解他的详情，网上一搜，吓死个人。

倪匡的作品很多，可以说是我知道的出版作品最多的作家了，"卫理斯"系列在我看来是他最有名的，这是我的孤陋寡闻。他一小时平均能写四千多字，作品量多得惊人。可惜我看他的作品却很少，只零星地读了些散章。

著名的作家亦舒是他的妹子，不过她的小说我看不进去。

他的儿子叫倪震，是出版界的人，出版 YES 杂志，曾游说倪匡写少年卫斯理。不知道倪匡写没有写，我从他的书目中没有看出来。如果有的话，那就该是"儿童读物"了。

最近他在大陆出版了小品文系列"倪匡说三道四"，在他的《生活体验》一书中，看到一篇题为《儿童读物》的小文，从倪匡的性格看，谈儿童的文章不会多，说不定是绝无仅有的一篇呢。文不长，我当个"文抄公"。

任何成年人,都必然经过儿童或是少年时期。成年人不妨细心回想一下:当自己是儿童或是少年的时候,看的是一些什么书。想了之后,自然会明白,当时的读物,全是自行选择的,不是很肯接受他人的特别安排。

特别为儿童或是少年安排读的,全是成年人,成年人自以为知道儿童或少年人的口味,刻意幼稚天真,结果是完全不是那么一回事,儿童和少年对这一点兴趣也没有,照看他们心目中的"不良刊物"如故,真是一大讽刺。

儿童或少年是根据什么原则去选择读物的呢?成年人永远无法知道,即使成年人都经过儿童或少年时期,但是每一代的儿童和少年的兴趣,截然不同。这一代的儿童或少年的兴趣是什么,只有他们自己知道,成年人问,也是问不出来——正因为他们是儿童和少年,所以他们自己也说不上来。

自然,总的原则是不变,读物本身一定要有趣,这是十分重要的一点,来不及向儿童或是少年倾销成年人自己也做不到的道德文章,颇有惨不忍睹之相。

让孩子自己选择读物,别强迫他们接受什么,强迫也没有用的。

这当是倪匡的切身体会,他读书之多,最明白这个道理。我小时候买书还真是自己选择的,那个年代,没有哪个家庭会有好富有,大人们说不定还会反对孩子们买书,哪还会在买书上指指点点的。我每次买书回家,父亲都总是要说买那么多,都看完没有,就像说吃饭一样,没有把碗里的吃干净就认为是浪费。

自以为是的家长拧筋掼骨的总认为自己的主张都是为孩子们好。

二〇〇九年十月二十九日

《新儿童的世界神话》

沈庚虞编著的《新儿童的世界神话》，列入上海广益书局"幼年级的课外文艺读物"丛书，这套丛书出有《新儿童的常识故事》一册，《新儿童的社会故事》一册，《新儿童的卫生故事》四册，《模范少年》六册。

作者在"卷头语"里说："这部书根据儿童中年级以上程度，用积极的世界神话编成的。儿童具有原始时代的复演性，这部书利用这一点，编配他胃口的读物。这部书是神话故事，一切不涉迷信；所取材料，都是平民化、艺术化、人格化，以陶冶儿童的品性为归。这部书附图画，以增阅读的兴趣。这部书一律用标准语，点句也用新标点。"（二○、一一、二○沈庚虞）

本书不厚，只有五十二面，三十二开，收神话故事十六篇，诚如"卷头语"言，从《原始时代的爱神》篇起到最后的《仙女歌舞》止，宣扬益善惩恶，富有教育意义。

不过用现在编辑要求来看，书编得并不严谨，体例很是混乱，神话故事只是个大概念，是民间传说童话故事结集，有的估计也是当时编者现编写成的，如《世外乐园》一篇，简直就是《桃花源记》改写而成，只是把人物和场景改为了现代，给儿童读者展现了一个作者理想的现代文明社会。作者写的一个青年到了"世界上一个极度文明的国"，在一位老人的带领下，步行、乘车、乘船、坐飞机过村游市，看到文明国的人男男女女都穿着朴素清洁的衣裳，个个勤劲工作，文明国里没有叫化子，也没有牧师、教士。奇怪的是也没有小孩子。老人告诉青年说："敝国男男、女女，人人有职业，都肯负责任，没有所请（谓）游手好闲的；而且人们头脑清醒，不信神权，没有所谓传教士、信教人的。至于幼稚呢，那是基本国民；他们的家长，没有闲工夫去教他，都把他送到幼稚园里去受教育，所以人人识字，人人做事，所谓'有眼瞎子''不景气'那种名词，敝国辞书中从来没有的。"

  这个故事当是作者自创的一个神话吧，他是在把他自己心中的一个理想文明国度描绘出来，真还有些共产主义倾向。

  本书一九三二年六月出版，定价二角。

  出版本书的上海广益书局是创立于光绪二十九年的老牌书局，据说是一家规模很大的书局，当时仅次于上海书局的"三大亨"——商务、中华、世界，位列第四。其创立初期只印行旧书籍、经史子集、医卜和村塾类图书，后来才出版通俗读物和字典、学生范文、儿童读物类的书籍。

笔者没有见到过广益书局出版的其他儿童读物，不好判断有多少优秀的作品出版，不过从这本《新儿童的世界神话》来看，质量并不高，可能是因为他们出版的书多以市场为主，以赚钱为目的的原因吧。一九三四年起，广益书局以"大达图书供应社"的副牌大量出版通俗小说，以廉价纸，低成本的方式印行，以"一折八扣"的方式发行，少有高质量的读物出版也是情理中的事了。

二〇一〇年一月四日

开明书店的两则广告

明德老师在 QQ 上给我发了一则《鹅妈妈的故事》的广告影印件，这本书的作者是法国的贝洛尔，戴望舒先生的译本。他说我可以去找找戴望舒这本书的民国版子，写写有关儿童读物广告的文章。

我收藏了一些民国时期报刊的影印本，平时的翻阅中，也多有关注到，觉得看那时的广告也能得到读美文般的享受。那时的出版人写广告，生怕误了他人子弟，极其认真用心，是一说一，是二说二，不像现在的广告夸张。据说有人编辑了民国时期的广告出版，可惜我没有看到。戴望舒的译本一九四九年后也有出版过，但我却并没有发现民国版的，孔夫子旧书网上也没有。

开明书店重视广告文字，把广告文字以美文的笔法来写，简直就是一篇篇隽永的小品，给读者的信息却一点也没有丢掉，如这则《鹅妈妈的故事》广告：

一提到童话，便不禁使我们想起全世界第一个写童话给孩子看的贝洛尔。这本《鹅妈妈的故事》，便是贝洛尔的唯一的不朽的杰作，也可以说是他所写的童话的全集。他的故事之得儿童的欢迎，自不必说《灰姑娘》一流入英国，便把本来流行于英国的民间故事《猫皮》毁灭无闻了，即此，已可见到本书的魔力。所以，如果有人买这本书去送儿童，一定可以使他笑逐颜开。

贝洛尔有译为贝罗的，也有译为伯豪的，现在通译叫贝洛（一六二八——一七〇三），贝洛写的《鹅妈妈的故事》出版于一六九七年。全名叫《鹅妈妈的故事，或寓有道德教训的往日的故事》，收有举世闻名的《小红帽》《灰姑娘》《大拇指》《睡美人》《穿靴子的猫》等八篇童话和三篇童话诗。从这则广告中，我们知道贝洛是世界上第一个给孩子们写童话故事的人，也从中得知这本童话书在英国的影响力。贝洛的童话现在有很多出版社都在出版，但却并没有看到可以一读的广告文字，除了千篇一律的"一生必读""少儿必读"之外，出版者都好像语穷了。

在姜德明先生的《书廊小品》里，看到他记录一则类似的广告，也是开明书店的。说徐调孚先生是开明的名编辑，他翻译的《木偶奇遇记》在当年是本畅销书，广告词写得很是风趣和隽永，这里也抄下来供大家欣赏：

近墨者墨

如果哪一位先生或太太嫌你的小孩子在家里胡闹，我们介绍你买一本《木偶奇遇记》给他，他看了这本书，我们敢写一张保证书，他不会再吵了。因为这书却有这样的能力，凡是小孩子没有不要看的。你不信吗？我们来报告一件新闻：丰子恺先生曾把这书的故事讲给他的三位小孩子听，他们听出神了，连饭都不要吃，肚子饿都忘却了。难道这是我们编造出来的谎话吗？你们有机会去问问丰先生看。

不管这篇广告是出自译者之手，还是由开明的老板章锡琛先生所撰，都是十分别致的。就好像撰写者在跟一群先生太太们聚会一样，在跟他们谈家教的心得、交流读书的心得。那些先生和太太们都认识丰子恺先生一般，知道丰先生的家教。撰者拿丰先生说事，让你不得不相信《木偶奇遇记》的魅力，能让胡闹的小孩子安静下来。

二〇〇九年十一月九日

徐晋编《儿童活页文选》

出版形式的创新从来就有，以活页文选为例，就是二十世纪初的创新出版。

当时的中国出版远没有今天的发达，还是初创期，那时的出版前辈们就在想尽方法，以不同的形式向读者传播知识和人文精神。据说在一九一九年，商务印书馆就出过"商务活页文选"，这套文选从方便、便宜、易普及着眼，但也存在问题，就是它的收藏存放不方便，活页文选大多只有几页，很容易散失，一段时间后也就不再受读者喜欢了，后来商务印书馆也就放弃了这种出版形式。

大约在一九二七年，上海有几位在大学教语文的老师，嫌油印讲义太坏，抄写的错误又多，便让开明书店替他们排印。开明书店认为不少的学校应都有此需要，就多印点来销售。《开明活页文选》应运而生，为保存方便，开明书店就替有此需求的读者装订成册，不仅装订免费还赠送封面，并排印篇目装订在前。此项服务，受到读者广泛认同，十分受欢迎，《开明活页文选》也成了开明书店的经济支柱之一。

开明书店活页文选出版的成功，各大书局纷纷效之，便有了各种名目的活页文选应运而生。北新书局出了《北新活页文选》，世界书局出了《世界活页文选》。中华书局的《中华活页文选》是新中国出版的较为成功的活页文选了。

中国第一家专门出版儿童读物的儿童书局，也乘势出版了《儿童活页文选》。儿童书局的创办人是张一渠，他一生致力于儿童读物的出版，十分重视《儿童活页文选》的出版，亲自担任选编者，署笔名徐晋。

从儿童书局一九三六年的书目可以看到，《儿童活页文选》已出版了八个合订本了。《儿童活页文选》共出版了作品三百篇，最少的两面，最多居然有二十八面，是胡愈之的寓言《错打了屁股》，这样的篇幅在当时可以是一本书的容量了，儿童书局出版的曾今可著的《青年成功记》，内文也只有十八面而已，笔者猜测，二十八面估计排印有误，一篇寓言而已，不至于那么长。当然，绝大部分的篇幅都在四面，售价也十分便宜，"每面只售实价一厘"。

《儿童活页文选》的出版定位和特点，编者在一则广告里说得十分明了，照录于此，供现在的出版人参考：

小学四年级和五年级的国语，在忠实的国语教师指导之下，大有自由选用活的国语教材的新趋势。本局为适应此项急切的需求特请徐晋先生，节选古今著名的语体文，编排大字，篇篇独立，定名为"儿童活页文选"。兹将优点列下：

近墨者墨

一、根据小学课程标准，精选切合儿童适用的语体文；

二、节选精华，非极有意义极有兴趣的不选，不像其他文选的照本誊录；

三、大字精排，并分段标点；

四、纸张洁白，印刷精美；

五、每篇题上，有眉图一幅；

六、空白处有精彩的补白；

七、力求适合儿童的购买力，每面售实价一厘；

八、购买篇数不拘，尽可自由选购；

九、可以装订成册时，尽可送本局代为装订，装订费每册二分算，封面奉送；本文选已分装合订本八册；每册实售价二角五分。

"活页文选"的出版，在当时大受欢迎，有人认为它不是简单地起到了替代油印的"讲义"功能，"它的主要意义，应该说是给国文教师提供了挑选课文的自由和方便，并使市面上的各种国文课本，受到了不大不小的冲击。"

现在的出版，我们只能看到一些以"活页"命名的书籍了，基本上看不到"活页"在市场销售。替代"讲义"的是教材教辅，拿在学生手上都是"练习题""题海""题库"类的出版物。出版物的创新很难说得上，前辈的经验与责任少有人去继承与担当，更多的出版者在取巧上大做文章。

二〇〇九年十月二十七日

错版《帝国主义》

龚明德老师知我在关注民国童书,把他才从地摊淘得的《帝国主义》和《小朋友》杂志借我。

两本都是中华书局出版的,《帝国主义》是"小朋友文库"第一辑中高级版公民类中的一种,民国二十五年八月(一九三六年八月)出版。编者是叶绍钧、吴研因、王志瑞等。

《帝国主义》三十二开,只有二十五面,没有扉页、前言和目录,薄得来让我们现在搞出版的不好意思,不知道要卖掉多少册才能赚够规定的一万多元的书号钱。

这么薄的书,编者居然有三位以上,看来跟赶进度有关。叶绍钧的参与让我很意外,我见过一本关于他的出版物的书影,没有提到该书。

有关帝国主义的话题,在我这个年纪的人最有记忆,那是我们童年读书必须要学习的政治课。打倒美帝国主义,是我们常喊的口号,但不管怎么叫,我硬是没有搞懂帝国主义是咋回事,政治考试基本上老师没有让我及格过。如果放在现在,老师必让我戴绿领巾，他自己戴绿帽子。

没想到，几十年后，一本民国时期的给小朋友看的小册子，让我把它给搞明白了，《帝国主义》把什么叫帝国主义、帝国主义的发生、帝国主义的发展和现状与帝国主义的将来，用简单得不得了的语言给讲透了，而且现在看都有意义。

我对中华书局的出版物从来都是天生的信任，不管大陆的还是台湾的。然而，我看到的这本民国版本，却是一本错得离谱的书。

事情是这个样子的，我在翻看《小朋友》杂志时，发现第二十页有一个栏目叫"小演讲"的，在连载《帝国主义是什么》。这期（第五九九期）正好载第三节"帝国主义的发展与现状"，我拿来与《帝国主义》对照，看看有什么差异。

"小朋友文库"与刊物《小朋友》互动发表与出版作品，本是相得益彰的事，现在我们照样在这么做。一对照，发现《帝国主义》书中的这一节不仅不一样，而且读不通，本该"三、帝国主义的发展与现状"的第七、八面，却是《私德浅说》一书中的"一四、和平"，再看前页眉题，是"信义"，原来，是拼版时错上了《私德浅说》一书的版子了。

"小朋友文库"的编辑体例一致，版式设计、字体字号相同，如果在一个印刷厂印制，一不小心，错版真是不可避免。通读《帝国主义》，在第十九面时又出状况了，十九、二十面的内文又变成了《私德浅说》的内容，这两面的错版为《私德浅说》的第一、二面，说的是"私德的重要"。

拼版错误是在印厂，挨板子的应该是版权页上署的"中华书局印刷所"，也就是说中华书局自己的印厂了。

这样的错法，算是重大事故了，不知当时的读者有没有发现，有没有去调换过，这本书流落在明德老师手中时，书已历经沧桑，且品相不佳了，估计当时的拥有者也没有认真读过。不过得睹错版书，也算是对当时出版的一些了解。

只是不知道收藏旧书的错版，有没有收藏邮票和钱币的错版有价值，如果有的话，龚老师发达了。

二〇一一年十月十九日

了解一点陈衡哲

说到现代中国儿童文学创作的时候，我们总是想知道，谁是最早的创作者。

无疑最早是商务印书馆编译所的孙毓修，他在一九〇九年就开始引用"童话"一词，并出版《童话》专集，专为七八岁儿童所编，内容大多是编译西方童话与中国的民间故事。

叶圣陶是较早写童话的作家，鲁迅说他"给中国的童话开了一条自己创作的路"。叶公一九三二年初版的《稻草人》，是中国最早出版的童话集。

《文史杂志》二〇一〇年一篇题为《五四时期成名最早的女作家陈衡哲》说，陈衡哲"是新文学初期写小说和散文的一位女作家"，也是"新诗坛的第一位女诗人"。而她发表在一九二〇年九月一日《新青年》第八卷一期的《小雨点》，应是中国白话文最早的童话之一。

陈衡哲（笔名莎菲，她在美国留学的英文名叫陈莎菲Sophia Chen）一生中在中国有很多个最早与第一名，在中国的文化史上处处领先,她在一九一四年,是中国政府选拔的第一批庚子赔款留学美国的女生之一。一九二〇年学成归国后,被当时新文化运动中心的北京大学聘用,成为中国第一位大学女教授。

她是胡适的好朋友,在胡适致力于提倡和推广白话文学时,她站在胡适的一边,是胡适坚定的支持者,胡适称她为新文学运动中"最早的一个同志",现在看来,她自然也就是新文学运动的先驱者之一了。她在一九一七年第一期《留美学生季报》上发表的《一日》,就是用白话文写成的描写美国一所女子大学生活的短篇小说。当时鲁迅的《狂人日记》尚未发表,以小说而言,胡适说"《一日》便是新文学革命讨论初期中的最早的作品"。

上面提到的《小雨点》,胡适在序中说:"《小雨点》也是《新青年》时期最早的创作的一篇。"

也有人说《小雨点》是中国第一篇童话,从白话文童话而言,我认为很难说是第一篇,因为如孙毓修的《无猫国》《大拇指》和茅盾的《寻快乐》《书呆子》都要早于《小雨点》的发表。但如果从内容来看,孙毓修和茅盾的作品说不上是原创,而是改编自外国童话与民间故事,从原创上讲陈衡哲是领先了。如果从"五四"新文学之始的童话创作来说,她应当之无愧。

《小雨点》《运河与扬子江》《西风》被后人誉为童话作品,

它们都适合研究者们说的"带有童话色彩",我想当初陈衡哲创作时就想写童话那倒未必。陈衡哲说:"我每作一篇小说,必是由于内心的被扰。那时我的心中,好像有无数不能自己表现的人物,在那里硬迫软求的,要我替他们说话。他们或是小孩子,或是已死的人,或是程度甚低的苦人,或是我们所目为没有智识的万物,或是蕴苦含痛而不肯自己说话的人。他们的种类虽多,性质虽杂,但他们的喜怒哀乐却都是十分诚恳的。他们求我,迫我,搅扰我,使我寝食不安,必待我把他们的志意情感,一一表达出来之后,才能让我恢复自由。他们是我作小说的唯一动机。"所谓《小雨点》是童话之说,不是作者创作时的本意,是"人类情感的共同与至诚"也。

《小雨点》中的十篇小说是陈衡哲从她十年来创作中选出的,她的创作可以说是起了个大早,却赶了个晚集,尽管她的小说在新文学运动中有着重要的地位,并没有得到今人足够的重视(《一日》的确也不能与《狂人日记》同日而语)也就可想而知了。

好在人们并没有忘记她对新文学革命的贡献,《小雨点》至今仍是小朋友喜欢的"科普童话"。

二〇一一年八月二十五日

周简段是哪个？

　　香港南粤出版社出版的《京华感旧录》共五册，分《人情篇》《掌故篇》《风土篇》《艺文篇》《名胜篇》，文章短小精练，都是千字文，涉猎之广，可读性很高，听说是当年香港的畅销书。

　　书中作品原刊在香港《华侨日报·副刊》上，梁漱溟先生作的序，不长，只有两百多字，封面题字的是前清末代皇帝溥仪的弟娃儿溥杰，四十开本，我买的是一九八九年十二月第二次印刷的那版。

　　这次翻看我意外地发现，这套书的设计者竟是陆智昌。陆智昌的图书设计是我十分喜爱的，他设计的很多书都让我爱不释手。二十多年书装设计的坚持，难怪他会成为中国图书设计的大师。

　　这套书的作者让我很费思量，因为我手上的这两本没有作者简介，周简段是个什么样的人呢？我产生了要搞清楚的想法。查了很多资料都不甚了了，便在网上搜索，很有意思。

　　有篇文章说："《文化古城旧事》中华书局新版后，有邓先生一篇《校后检讨》曾言,他完成《鲁迅与北京风土》后,应中国新闻社约稿,自一九八〇年开始在香港《华侨日报》开专栏《京华感旧录》,用'周简段'笔名,因每日完成千字文,负担大,协定每月完成二十篇,其余十篇由社内另找人组稿。公用笔名'周简段',一九八四年后因拍摄《红楼梦》,写稿较少,由中新社另找人组稿。因写稿人多,倒不曾断档。自言八十年代初的'周简段一多半是我邓云乡'云云。"

原来邓云乡就是周简段啊,我没有想到。我以前编"名家经典散文"系列时曾与邓先生有过书信往来。

再搜索又有一说:"冯大彪,一九三八年六月十五日生于河北蠡县。曾用名冯焰。党员。北京电视大学中文系毕业。一九五八年参加工作,曾任中学语文教师二十二年。一九八〇年调入中国新闻社,曾任高级编辑兼专稿部编辑室主编,现已退休。自一九八二年以来,长期从事海外报纸的专栏工作,前后或同时主编过香港《华侨日报》的'京华感旧录'、《港人日报》的'京华内外'、《大公报》的'神州拾趣'和台湾《世界论坛报》的'神州感旧'等专栏。笔名曾用周简段、周续端、司马庵、周一文等。有的日发一篇,有的周发二篇。一九八七年曾由香港南粤出版社出版《京华感旧录》五册,分《人情篇》《掌故篇》和《名胜篇》等,收入文章六百五十七篇,计七十万字,由溥杰题签,梁漱溟作序,为港十大畅销书之一。"

噫，周简段原又是冯大彪的笔名，从行文来看，并没有说是有邓云乡之作啊。

再查，又发现这段文字："司徒丙鹤，一九一六年生，广东开平人。朝鲜归侨，现定居香港。著名记者和作家。北京中国新闻社离休干部，香港作家联会永久会员，江门市华侨历史学会名誉会长，兰州市社会科学研究所研究员，青海大学名誉教授，世界凤伦联谊会秘书长，中国侨联联络委员。青年时期，司徒丙鹤求学于上海、武汉，后来半工半读于广州大学。三十年代，参加十九路军的'福建事变'，失败后避居海外。抗日战争爆发后回国，几十年来，一直在广东、广西、香港、澳门、北京、山东等地，从事教育、侨务和新闻工作。先后任职于香港星岛日报、华侨日报、华商报、文汇报，广州前锋日报、新商晚报，北京国家侨委、中国侨联、全国政协华侨组、内务部，山东劳动大学。编著文集有：《祖国与华侨》《束风楼杂记》《京华感旧录》（五卷）……"

显然司徒丙鹤不是冯大彪和邓云乡的笔名，他们是三个独立的人，都说周简段是他们的笔名。

后两位的简介里没有说《京华感旧录》是多人的作品集，从字面上看，都是他们各人的作品，我翻看了这套的大部作品，我相信邓云乡先生的话，他们中没有任何人有那样丰富而全面的老北京生活，也不可能有那样多的见闻可资"七十万字"的书写。

还有没有更多的人以周简段的名义写"京华感旧录"我不知道，多人的合集是肯定的了，大家共用了一个笔名，就像当年的"石一歌"，只是周简段并不是一个什么小组，他们也许各自都不认识呢。

二〇〇六年十月二十七日

文化白领董桥

一

《欢乐总动员》这电视节目,办得很受观众喜欢。我也跟着家人看了几集,其中的"童言无忌"我尤其喜欢,五六岁的小孩子在回答主持人的提问时,充满机智,让人忍俊不止。譬如:当主持人问为什么外国人吃饭都用叉子时,一个小女孩回答说,谁说外国人吃饭都用叉子,印度人吃饭就用手抓。当主持人问在家里是爸爸怕妈妈,还是妈妈怕爸爸时,一个小男孩回答说,爸爸怕妈妈,因为爸爸欺负妈妈时,妈妈可以去告妇联,而爸爸就没有地方去告。

最有趣的是,主持人问一男孩知不知道什么是白领,男孩的回答就像是《魔鬼辞典》上的解释,他说"白领就是那些顶无聊的人,他们在说中国话的时候,老是在中间夹些英语"。

说话中夹杂些英语短句,有些地方有些时候很是时髦,无论过去还是如今开放的上海可以说是典型。说话中夹英语在上海称为"洋泾浜",据说,说"洋泾浜"的并不是广受欢迎的人。

写文章时，句子中夹英语短句，更是一些作者之所爱。我原想，这是别人的自由，想怎么着是别人的事情。记得北方一家有影响的散文刊物曾在稿约中明文不欢迎夹有英文（外文）的稿件，当时我看后觉得这真是多事。

二

董桥的《教育不是革命战斗》说特区政府主管教育部门的官员都主张学生的语言不要混杂，中是中、英是英，一句话里有中有英是不好的。董桥认为"这样追求'纯'当然不错，却也不必过分苛求，不必硬性规定，让学生慢慢摸索，老师从旁提点些，反而从中学会中英互译，收一石二鸟之效。中文英文真正好的人，常常会发现有些意念或构想中文难以表达，英文一说就懂，或者英文千言万语，中文顺手拈得。这也是语文有趣的地方。

董桥是"中文英文真正好的人"，所以写文章时随心所欲地在行文中夹杂英文，很是潇洒，为了证明他的正确性，他拿中英文修养深厚的张爱玲来举例，说张在写中文信常常插进英文字句，"读来或见深意，或见苦心"。随即罗列了一大堆张给夏志清信中中英文夹杂的句子。张爱玲写给夏志清的信虽已公开发表过，但毕竟也是私人信件，拿它来举例子，说实在的，我这次读来确实是感觉十分无聊。我倒不是要跟特区政府保持一致,我认为语言文字还是该纯粹一些,不能用自己的文字精确地表达自己的思想应该是可悲的。行文中亦中亦英对作文者而言也许是"有趣"的,但我觉得个人的兴趣就最好不要强加于人,更不值得提倡。

三

自从有篇文章说"你一定要看董桥"后,我买了不少他的书来读,读过的文章大多我都喜欢。所以,当我看到辽宁教育出版社出版十小册《语文小品录》时,便毫不犹豫地买了回家,我想我又要得到一次阅读董文的快感了。然而,扫兴得很,英文和错别字(有的文章竟漏了标题)的不时出现,就像在做爱过程中突然有人敲门,享受快感的兴趣荡然无存。我不反对董桥中英文混杂做文章,我想如果在英文的后面加个括号,将译文放在里面就好了,是否译意准确,不让不识英文的读者看不明白就行。在这方面,有很多前辈做得很好,我们应该向他们看齐。在这里,我无意怪罪董先生,有人曾为董桥辩护,说董桥这样行文时很自然,没有故意作秀。我相信。一些人在说话时老是带一些脏话,譬如"我操"什么的,他们在这样说时也很自然,但并不让听者舒服。

我要记辽宁教育出版社一笔账,你们要明白,你们的出版物是出给经过"文化革命"的内地读者看的,这里有相当部分读者的英文水平是很成问题的,比不得香港。出版这类图书时,最好不要"一仍其旧"。

四

董桥的文章大家喜欢,我也喜欢。作为文化白领,他算是称职,写了不少的好文章。可惜《语文小品录》中质量参差不齐,公式化的作文读多了,叫人觉得好没意思。就算是写专栏,交稿急,有些文章也大可不必写,这位"中文英文真正好的人"有一些没有夹英文的作品,硬是没有作好,既不"潇洒"也不"有趣",在这里例子我就不举了。看来董桥的白领工作也并不是做得十分地好,读董桥我认为还是读选本的好。

我不识英文,阅读有障碍,活该我倒霉。在这里多嘴说董桥白领,不是他无聊是我无聊。

二〇〇五年七月二十一日

萧乾先生放不下

萧乾先生在我心目中的形象一直是个可爱的老头,我很喜欢他。我读过他很多的作品,买过他的很多书。就连平时散见报刊的文章也是一见到就认真欣赏。这次,当我看到他在《新民晚报·夜光杯》上发表的短文《窘》时,又不禁让我乐而开怀,心里说:萧乾真是一个可爱的老头!

《窘》文说,他参加一届"国际写作计划"时,在美国依阿华城五月花公寓,一位哥伦比亚作家邀请他吃晚饭,那位作家非常热情,样样菜"都是他们亲手做的","尽管是初交,谈得很是融洽"。

这位哥伦比亚作家有位漂亮的妻子,大家都说长得像伊丽莎白·泰勒,萧乾先生说他那时"早已不是影迷了",但他对这位漂亮的女主人还是观察得很仔细:"那位打扮得花枝招展的女主人确实酷似影星泰勒。身材苗条,皮肤白皙,面庞和眼睛尤其像那位好莱坞明星。"

所以当男主人邀请萧乾去看他给夫人拍的照片时,萧乾老

"表示乐意听从主人这一安排"。萧乾老随主人来到卧室时,萧老显然大吃了一惊,"天哪,照的全是这位伊丽莎白·泰勒的裸体照。有侧身倚着沙发的,有仰卧的,还有一副托着腮,像是在模仿什么希腊雕像"。萧老当时窘得简直懵了,"赶快道了晚安就溜之乎也",大叹民族习惯的大不一样。

也不知是过了多久,萧老写下了这篇《窘》。

当我看到萧老的这篇短文时,立即想到了一则古代幽默:一对和尚师徒过河,见一女人过河有困难,师父便背这位女人过河,过河后,等女子走远,徒弟问师父:男女授受不亲,您为什么还要背那女人过河呢?师父说,我都把她放下了,你还没有放下。

这则充满禅宗味道的幽默,让我忍俊不禁地想到,时隔这么久,萧老还写这么一篇小文来谈当时的情景,而此情景竟还那样鲜活,那样历历在目,不是萧老"窘"得可以,而是萧乾先生实在放不下那次难忘的经历啊。

二〇〇七年二月六日

胡适说无为政治

胡适曾任蒋介石的驻美大使，领导了一班人。在管理上他最佩服的是蔡元培先生，他说蔡元培的领导作风（北大和中研院时期）是"只谈政策，不管行政，最会用人，对人信任亦专"。

所以他经常与他的手下说"无为政治"，他说做长官的要尽量授权给下属去完成职权内的事，自己才有时间专心"政策思考，结交朋友，选用人才"等属下不能帮做的事情。

有段时间他认为蒋介石对各部门都有干涉的事，就写文章劝告蒋公："最高领袖的任务是自居于无知，而以众人之所知为知；自处于无能，而以众人之所能为能；自安于无为，而以众人之所为为为。凡察察以为明，琐琐以为能，都不是做最高领袖之道。"

这篇文章发表在一九三五年的《独立评论》上。

到了台湾他还劝蒋介石不要忘了"无知、无能、无为"这六字要诀。

纵观古今，有几位领导者甘愿"无知、无能、无为"呢？

二〇〇六年二月十七日

辜鸿铭说"改良"

闲翻《道可道：晚近中国名人逸闻录》，看《辜鸿铭篇》，见他对"改良"一词的认识，十分有趣。说的是辜鸿铭对"改良"一词极不感冒，认为这个词根本不合汉语构词规律，作者说辜鸿铭在进北大那年的开学典礼上借题发挥，辜鸿铭说：现在的人做文章都不通，用词更是不通，就如"改良"吧，以前的人都说是"从良"，既然都是"良"了，你还改他做什么，你要改"良"为"娼"吗？

呵呵，有道理，就算"良"过后还有"优"，是"良"的话也真用不着改了，从良就是了。

二〇〇八年十二月二十五日

"这不是反了么?"

在二〇〇六年的第二期《文学自由谈》上看到何满子先生的这个标题时,心想又有哪个文学青年对我们的前辈不敬了,惹得先生生了气。细一看,不是"文青"惹了他,是跟他约稿的编辑惹恼了他,是张爱玲同志惹恼了他。

起因是一家杂志的编辑向他约稿,他写了一篇题为《抗战胜利六十周年的"张爱玲热"》的小文。没想到的是,这家杂志没有发表,何老先生"没想到大汉奸胡兰成和他的老婆张爱玲也碰不得,特别是在抗日战争胜利六十周年举国弘扬爱国主义精神之际,附逆的丑类容许大肆吹捧,而相反的意见却不容问世"。于是何先生气愤得不得了,说:"这不是反了么?"更没想到的是他寄给了一位道路宽广的朋友介绍给别的刊物,辗转了数次后还是被退了回来。

本来何老是不想写这样的文章的,今天写出是有原因的。何满子先生说:"这些年来,文化市场大面积滑落,垃圾文化充斥,各种肉麻当有趣的奇闻怪事已见惯不惊,令人连发议论的兴致也已鼓不起来。"对于张爱玲和胡兰成被追捧这档子事何老本来也不是特别关注的,为什么要写这篇文章呢?人家是"感于江苏省社科院前文研所所长陈辽先生的盛意督促,是他触动了我的良知之故"。

你看看,本来何老平时是没有良知的或是说早就把良知放在内心的深深深处的,被你一个"前文研所所长",本来平时"素无交往,也从不通音讯"的陈辽先生把良知给触出来了。

为什么陈辽会触动何老呢?原来上年的八月间,陈辽忽然给何老来了个电话,连寒暄都没有,就劈头告诉他说"据台湾《联合报》七月三十一日的消息,上海某大学(姑隐其名)将于十月间召开'张爱玲国际学术讨论会'。他说,际此抗战胜利六十周年,为这样一个附逆文人、大汉奸的老婆开会纪念,不是对爱国主义精神的嘲弄、民族气节的挑衅吗?"这可是爱国的良知和民族的良知问题啊,何老怎能不冲动呢。于是写下了"这篇被一再退回来的短文"。

没有办法了,只好"再一次"寄给《文学自由谈》,并说:"看是否能让我'自由谈'一下。"何满子先生是《文学自由谈》的"重要作者",其文在此发表,"本刊因之而增光添色"。经何满子先生这么一激,编者加了"前言"和"后语",仿佛一鸿篇巨制,《文学自由谈》就在其他刊物都没发表的情况下,发表出来了。

现在来说说我的小人之心,从何先生的行文来看,这次

近墨者墨

的"张爱玲国际学术讨论会"肯定没有邀请陈、何二位。陈是前文研所所长，好像理应尊重他才行，而何满子先生也写过《不以人废言和知人论世》的大作在"大大有名"的《文学自由谈》上发表，说在这篇文章里提到了张爱玲胡兰成"这对宝贝儿"。而且何老在这篇文章的后语还说他写了本《中国爱情小说史略》，在第五章第六节中给了张爱玲很高的评价了，说她确是"西风派"和"鸳鸯蝴蝶派"的佼佼者。这么重要的会，都不让他们参加，真是"居心何在"啊。我想如果有了他们的邀请函，还会有这篇"小文"的出现吗？

在何先生多处不能发表的《抗战胜利六十周年的"张爱玲热"》一文中，我看到了他对张爱玲胡兰成的深仇大恨，他说"这两人分明是一对狗男女"！虽说"平心而论，张爱玲确也有点才情"，其实也并没有什么了不起的，张爱玲能"在不少学者和准学者之间风靡，这原因在很大程度上归'功'于美籍华裔夏志清在《中国现代小说史》中的蓄意吹捧"，是"为了贬抑鲁迅和中国文学，才蓄意'发现'出'西风派'和'鸳蝴派'小说的张爱玲来与之争席。匪夷所思的是，国内居然有些学者、准学者竟将夏志清的反华谬论奉为玉旨纶音，跟着起劲地叫卖张爱玲，可谓咄咄怪事"。

何满子先生的这番议论，真是义愤填膺，但我认为"耄耋之年的何满子先生"（《文学自由谈》语），大可不必动这么大

近墨者墨

的气,对身体有何好处呢?说夏志清的《中国现代小说史》为"反华谬论",是何满子同志政治觉悟高。而不少的学者、准学者认同夏志清的《中国现代小说史》也未必就是他们的学术水准差,我不太相信这些学者和准学者会差劲地认为,张爱玲的文学修养会比何满子还低。夏志清拿张爱玲来与鲁迅"争席",是张够格,我想学者们都是认同这一点。想想看,如果夏志清把何满子或陈辽与鲁迅比肩,恐怕真还有人会说夏志清居心不良,是在有意"为了贬抑鲁迅和中国文学"呢。

"张爱玲国际学术讨论会"是不是就肯定不能开呢,还是只有抗战六十周年才不能开?何满子先生特别强调"抗战六十周年",看来他是终于找到了个理由,我相信以往已开了不少的张爱玲的学术会,可能今后还会开。如果真是这样,何先生的良心发现不就大大地打了折扣了吗?我希望何老每年都能发表文章来反对开张的学术研讨会,来印证何先生良心大大地好。

我想这次的"张爱玲国际学术讨论会"肯定不会是讨论"张爱玲是如何成为汉奸老婆的"或"张爱玲成为汉奸老婆对中国文学的贡献"之类的话题。何满子一口一个"汉奸老婆",一口一个"附逆文人",难道何先生就真的不知道张还嫁过人,是以另一个人老婆的身份而辞世的吗?说实话我真是看不起何满子眼里只有仇恨没有文学的样子。

还没有完,让何满子很不高兴的事还有一件,就是"正在抗战胜利六十周年之际,这个汉奸老婆原来和胡兰成的'香巢',坐落在上海南京路常德路口的常德公寓(旧称'爱丁顿公寓')赫然挂出了'张爱玲故居'的招牌,俨然将这汉奸老婆当作伟人来供奉了"。想问问何先生,这里是不是张的故居,是有人造假吗?一个"招牌"而已,犯得着那么动怒?为什么张爱玲就不能有故居纪念呢?对于上海,张爱玲比很多所谓的名人更有资格。

"至于南北报刊对张爱玲、胡兰成连带对夏志清《小说史》的吹捧叫卖,更是如火如荼,什么叫丧心病狂?这就是。"我不好说这是"文革"语言了,听起来确是有些可怕。中国的哪家报刊是私人办的,都是国产党产,都是按我们大一统的口径来执行国家相关出版政策的,既然这么多的报刊都能发表,说明了我们党和国家真是有宽广的胸怀来包容各类的人和思想。你何满子操这份心是为了什么呢?把一个小小的学术讨论会上升到爱国主义,上升到民族大义上,我们真还是不好说什么,谁愿意说自己不爱国呢?

照这么认识,我国政府早已和日本建交了,是不是也应指责政府忘了我们的苦难了呢?

听说"张爱玲国际学术讨论会"没有开成,我倒是没有什么可遗憾的,什么时候只要想开,终究会开成的。

我倒是很遗憾,好端端的一个词牌名,以后我不喜欢了。

二〇〇六年六月二十五日

稳不起咋办？

林行止先生是"香江第一健笔"，可以说著作等身，我查了一下，他笔健得很，他哪里是著作等身，简直是超身。在《信报》创立三十五年时他还说："笔者三十多岁创办《信报》，今天是她三十五岁生日，笔者已近古稀，虽然精神尚佳，专栏文字不难草就，为外游赶稿，一天写数千字亦能应付。"看到没有？一天写几千字都能应付，看来他的身高长不赢他的著作。

刘绍铭说："林行止的作品，议论纵横，杂笔生树。"

以前买他的经济学随笔，一直以为他是以此为主业，毕竟他创办的《信报》是财经类的，近来读他的《乐在其中》《说来话儿长》《好吃》才知他杂得十分了得。让我明白了，原来专家都是"杂"出来的。

他自己说"向以读闲书消遣"，但他闲出了名堂，刘绍铭说："教我们大开眼界的是，他看的虽是'闲书'，但事事要问缘由、求水落石出的脾气不改。更难得的是他涉猎的范围绝对是'雅俗共赏'。这边厢他向你细析曼陀林之恋，你听得入神，方留恋处，他已换了嘴脸,煞有介事地引经据典给你讲'趣不可挡的西洋屁话'!"

林行止除了写过刘绍铭说的这篇《趣不可挡的西洋屁话》外,十年后还写了一篇《"屁"话连篇》,收在集子《说来话儿长》里。

《说来话儿长》集中收文五篇,黄永玉以《出恭如也》代序,并收黄永玉《出恭十二景》,彩印书前,十分有趣。五篇作品一为《那话儿说来话长》,看到这个标题就让我想起大卫·弗里曼的《那话儿:欲求与圣洁的神秘纠结》,果然话题就是从这本书说起的,"那话儿",男性生殖器也。一为《"去势"名人》说的是名人变性的;一是《"便便"古今谈》,说的是排泄物,还有就是《"屁"话连篇》说西洋有关放屁的话题,和讲日本相扑运动的《近看相扑》。

杂得真是有些过分了,不过也杂出了道理。

我是带着想解答一个问题看完这本书的,那就是与我们生活息息相关的,也就是"便便"——上厕所。

林行止的所谓"古今谈",便是谈"便便"的历史。"战场上的厕所"一节林行止说"军队如何处理排泄物,是个老大难,所谓三军未动,粮草先行,是古时候至第一次世界大战以前的事,之后是粮草未动,先建厕所了。在十九世纪之前,行军时军人找个隐蔽处蹲在地下、站于树前墙后方便,并无'屙法'可言。"军中的排泄物关系重大,处理不当就会有很严重后果,特别是

近墨者墨

在战场上，天气不好的状况下，如果排泄物泛滥，很容易滋生传染病，直接影响战斗力，"军队因排泄物堆积而招惹传染病以至被禁上战场甚或整队解散的新闻时有所闻"。

现在的厕所倒是到处都有，而且很科学，虽说中国人从来不看重厕所，厕所从来臭不可闻，不过也还是有五星级的厕所让人急得狠、上不起。

"十一"的时候让我很费解的是，天安门广场上那么多万人是怎样解决"便便"的。从新闻中我们可以知道，凌晨三点就开始进场了，去过天安门广场的人应该知道，那里可没有多少公厕是可供游人使用的。就算满街都是厕所，也是无法容纳上十万的人啊。何况那天管制肯定十分的严格，大家都去上厕所，恐怕回来时要找自己的队伍在哪里都难，到时一定是秩序大乱。

大家都不吃不喝？可谁说的不吃不喝就能保证上十万的人同时不急。相信广场上的人没有穿宇航服，可以就地解决。到散场至少是下午了吧，至少要坚持十几个小时，不吃不喝，易；不屙不拉，难。

我只能说广场上的人了不起，太稳得起了。

不知道林行止先生关注到这个问题没有，他闲书看得多且杂，有没有发现这么大型的集会是如何解决那些"稳不起"的问题的。

二〇〇九年十月二十三日

儒家不是宗教

我好多次听人说到"儒教""道教",对于儒家是不是宗教这个问题,好像很早以前就有人疑惑过,也很早就有人解答过,不知道是解释得不够令人满意呢,还是现在的人读书不用心,仍然在说儒家是宗教。

最近看梁漱溟的《朝话》,《道德为人生艺术》一文中有说,他与泰戈尔见面时,正值泰与杨丙辰先生谈宗教问题,杨认为儒家是宗教,而泰却认为不是。

为什么泰说儒家不是宗教呢?梁先生说:"他以为宗教是在人类生命的深处有其根据的,所以能够影响人。尤其是伟大的宗教,其根于人类生命者愈深不可拔,其影响更大,空间上传播得很广,时间上亦传得很久远,不会被推倒。然而他看儒家似不是这样。仿佛孔子在人伦的方面和人生的各项事情上,讲究得很妥当周到。如父应慈,子应孝,朋友应有信义,以及居处恭,执事敬,与人忠等等,好像一部法典规定得很完全。这些规定,自然都很妥当,都四平八稳;可是不免离生命就远了。

因为这些规定，要照顾各方，要得乎其中；顾外则遗内，求中则离根。因此泰戈尔判定儒家不是宗教。"但是泰戈尔却很奇怪儒家为什么能在人类社会上有与其他宗教同样长久的"伟大的势力"。

梁漱溟先生说"孔子不是宗教是对的"。但孔子的道理却不尽都在伦理纲常中，这只是社会的一面，他也有生活的一面，如："吾十有五而志于学，三十而立，四十而不惑，五十而知天命，六十而耳顺，七十而从心所欲不逾矩。"还有就是孔子也不一定四平八稳，得乎其中。如孔子说："不得中行而与之，必也狂狷乎！"梁先生说孔孟学派的真精神真态度与泰戈尔所想的儒家相差多远啊。

他们说的都是各自对儒家的理解，泰戈尔是他国人，了解儒家之道行一定会没有梁先生深，说了那么多，的确也是深奥，也没有说不是宗教后儒家是什么。

看了台湾傅佩荣先生的《孔子的生活智慧》一书，他倒是一句话就说得明白了，他说："佛教与基督教是宗教，而儒家是哲学。宗教可以超越人的经验领域，哲学则无法超越。宗教所说的是人生命的解脱，重视的是死亡之后的解脱世界；哲学重视的是死亡之前的生活世界。所以，一个人活在世界上，无论是否接受宗教信仰，还是要以儒家为基础最为稳当。"

配合泰戈尔和梁漱溟以上的话来看，我是既明白了儒家的本质，又明白了为什么儒家不是宗教，更是知道了宗教与哲学的区别。看来我这种木虫还是喜欢简单明白的表述，不长进好像也是必然哈。

二〇〇六年六月二十五日

好刀不是好的刀

去明德老师家，聊了一下午。

他说给我一件新年礼物，是给我做的一本书的纠错，是冯铁先生指出的。

我曾给岳父张新泉做过一本小册子，名叫《好刀》，六十四开本的小册子，做得很漂亮，送出去后得到很多爱书人的赞赏。这小册子可以说是张新泉的诗歌代表作，我做得也很用心，在设计与制作上花了不少时间，总还算是心遂人愿。

去年七月十六日陈子善夫妇、罗岗夫妇来成都，我与明德老师与他们欢聚狮子楼，送他们《好刀》，明德老师让在场的每个人都在书上签了名以作纪念，以给我做出好书的肯定。断没有想到还有那么大个"错误"印在了封面上，难道真的做书与做电影一样，是一门遗憾的艺术？

我不懂英语，是请一位懂英语的朋友范锐译的，他是川师的老师，英文和中文都不错的朋友。他把"好刀"译为"A Good Knife"。当时我想封面上有英文的搭配要好看一些，书出来后的确也起到了好的效果。

明德老师在书房里拿出一张纸，上面记录了他与冯铁的关于谈"好刀"译法的事，并把纸条送给了我，作为新年礼物，我很高兴。

记录上写道："2007年8月15日下午，在百花潭公园，冯铁说'好刀'的英译不可以是'good knife'，他写了两译，认为'sharp knife'更好。龚明德。"上面是冯铁的两种译法，另一个是"excellent knife"。而且作为书名不应用"A"，而应用专指的，所以《好刀》应译为 The sharp Knife。

明德老师说，冯铁还举例说，就像"好人"不能译成"good man"一样。

冯铁是德国波鸿鲁尔大学教授，著名汉学家，中国现代文学的研究专家。去年冯铁在川大讲学，在明德老师家与他见过一面，他的夫人也是一位出版人。后来我做东，吃盐帮菜，他说越辣越好吃。而且冯铁的酒量嘿好，再多都喝不醉似的，席间还不时拿出相机给大家照相。

冯铁看过一些成都对外宣传的册子，说也是错误很多，他希望今后成都市有什么英译的宣传册，他愿意免费校对，少出些错为好。明德师说，如果我以后有什么英译的，也可以通过电子邮件交他校对。

下次来成都，我要好好地敬冯铁先生一杯。

后来我把冯铁的意见转给了范锐听,他说他那种译法是可以的,他认为这一本好书就是"一把好刀"的意思,而好刀并不就是锋利的刀。范锐的想法倒是跟我的想法差不离,但我仍是感谢冯铁和明德老师的关心。

二〇〇八年二月十一日

天才也需要专业的编辑

　　全世界最成功的投资人巴菲特，每年年底都会静下心来，亲自给股东们写一封长长的信，给他们说明过去的一年来所发生的事情，透过这些事情理清他们为什么能在上年内成功地赚取几十亿美元的思考方法。巴菲特亲自这样做是因为他说："没有什么比拿起笔写下来更能强迫自己思考和厘清思绪了。"

　　他认为思考如何投资是件很好的事，如果提起笔写不出来，那是因为思考得还不够清楚。也就不会有好的方法去成功地赚钱。

　　新年过后，巴菲特通常会在他的海边别墅里写他的年度报告，而且是用传统的纸笔方式。写完后他就要将稿子寄给他《财星杂志》的编辑朋友卢米斯，他的儿媳妇玛丽·巴菲特说："即便是天才也需要专业编辑的帮助。"投资天才的巴菲特也相信专业的力量，够专业就能成功。

二〇〇八年十月六日

认识了帕斯卡

以前读书不用功,不知道帕斯卡是谁。这次去台湾,买了一本心灵工坊出版的《活着,为了什么》,才知道帕斯卡是个什么样的人。

每个学过物理的人都知道"帕斯卡原理",我学过物理,却不知道帕斯卡。喜欢数学的人都玩过"帕斯卡三角形",我却没玩过。

研究文学史和哲学史的人,把帕斯卡与卢梭并列为浪漫主义的先驱,我不知道,汗颜得很啊。

读了《活着,为了什么》后才知道,他还是宗教哲人,他的《沉思录》"是一盏永恒不灭的烛灯,照亮着每个寻求者的心灵"的书。

帕斯卡是十七世纪欧洲最重要的天才思想家。与思想泰斗笛卡儿齐名,一生取得了非凡的成就,却只存世短短三十九年。

帕斯卡出生在法国中部小城克雷蒙菲宏,三岁时母亲就离开了他和他的姐姐与妹妹,他的父亲是政府的税务员,博学多闻。

父亲非常宠爱孩子们。帕斯卡自小体弱多病，父亲就亲自教帕斯卡读书，学习历史、拉丁文和希腊文。虽说父亲自己很热爱数学，却并没有教他。父亲认为学数学太伤神，不适合帕斯卡的智能发展。

帕斯卡十二岁时，一次看到父亲在读一本几何的书，就问父亲"几何学是什么"，父亲并不想告诉他太多，就说是研究三角形、正方形和圆形等图形的学问。

没想到父亲的话让他对几何产生了兴趣，根据父亲的简单介绍，他自己开始摸索，有天他高兴地告诉父亲，他发现"任何三角形的三个内角的总和永远等于一百八十度"。他的父亲听后忍不住哭了，搬出欧几里得的《几何原理》让他在数学的殿堂里遨游。

十三岁他发现了"帕斯卡三角形"，十六岁就写出了一篇关于圆锥曲线的论文，引起了解析几何的创始人笛卡儿的注意，笛卡儿不相信是少年帕斯卡写的，以为是他父亲的作品。

十七岁时，帕斯卡写出了四百多个关于圆锥曲线的数学定理，十九岁，他为了父亲在税务计算上的麻烦，发明了一台计算机，据说是世界上的第一台计算机。他发明的计算机有五十种之多，现在的巴黎艺术与技术博物馆能看得到一些收藏。

说起他在数学上的成就，简直是说不完了，他还与著名的数学家费马共同研究赌博问题，这项研究奠定了"几率论"的基础。

他研究的摆线问题，给德国的数学家莱布尼兹发现微积分以刺激。

他还最早发现了数学上的归纳法。

二十四岁的帕斯卡做了一件轰动法国的事，他以著名的托里切利水银柱实验，证实了真空和空气压力的存在。

目前我们使用的压力单位 Pa，就是以帕斯卡（Pascal）的名字命名的。

二十八岁的时候，他又证实了空气压力来自它的重量，而压力的大小跟深度有关。即在同一水平位置，无论你在哪里，你感受到的空气的压力都是一样的。而在不同的高度压力却不同，这一点我们在上下山的过程中就可以感觉得到。

这就是物理学上的"帕斯卡原理"。

"帕斯卡原理"是流体静力学与动力学发展的基础，至今仍是理工学科的必读定律，也是航空及造船工程的必备基本常识。

让人们没想到的是，这么一位唯物的科学人，却一下子在一六五四年十一月放弃了他的科学研究，完全沉溺于宗教的真谛及教义的严肃思索。

二十三岁的帕斯卡才开始接触基督信仰，起初他以为，信仰只是一种哲学概念。后来却渐渐发现，当人们忧伤的时候，哲学并不能给人提供安慰，但心中有上帝的人，即使没有多少文化，也能在忧伤时得到心灵的安息。

越是对科学的研究，越是感到宇宙的浩瀚，面对浩瀚的宇宙，帕斯卡领悟到了人类的渺小。由于他长年的病痛折磨，对生命的脆弱的感受尤为深刻。他像研究科学那样研读《圣经》，从疑惑绝望和幻灭出发，思索生命的终极意义。

一六五四年十一月二十三日晚上，他从马车上摔下来，大难不死的他，感受到的是上帝的护佑。从此放弃了他的数学与物理，开始全心地投入宗教。

帕斯卡投身宗教，为了实践一个教徒真正的作为，他住进了修道院，过着贫困、俭朴、规律和禁欲的生活，十分地虔诚。

他变卖他的一切家产去资助贫民，给贫困的人慈爱与温暖，只留给了自己奥古斯丁的作品、《圣经》和一些灵修的书。

他后来还过着苦行僧的生活，以身体的痛楚来警醒自己对宗教的敬虔。他甚至把"约翰福音十七章"抄下来缝在衣袖里，直到死时人们才发现。

这位伟大的科学、文学和神学奇人，在这个世上只活了三十九年，并且饱受病痛的折磨。他临终的最后一句话却是："上帝一刻也没有离开过我。"

帕斯卡全心投入宗教的时候，正是天主教耶稣会与Jansenism派对"恩典"问题争论不休的阶段，帕斯卡支持J派的主张，即人必须靠个人的自由意愿和努力去实行神的恩典，

近墨者墨

才能获得救赎。为此他以匿名的方式写了十八封信驳斥耶稣会的对恩典的解读，以及耶稣会松弛的道德观。其信风格简洁、严谨而又优美。这十八封信就是有名的《外省书信》，被公认的"法国散文的不朽之作"。

帕斯卡还有一本影响后世思想的著作叫《沉思录》，这本书是他去世后才出版的。是一部未完成的手稿，是他所认定的宗教信仰的辩护词。伏尔泰盛赞这部作品："这是有史以来最好的一本诗集。"

《沉思录》中有大量的神学论述，但帕斯卡也是最早对上帝是否存在提出严肃质疑的人之一，他从心理学和宗教学来审视生命的基本问题，最后归结为：对上帝的信仰只能是个人的选择。

这本书深深地影响了比利时人以马内利修女，让这位法国最敬重的女性宗教领袖在九十多岁时还出版了颇受《沉思录》启发而创作的《活着，为了什么》这部灵修书。

二〇〇六年六月二十六日

握一把苍凉

十多年前,我与寄波还是爱诗的人,买了不少的诗集,抄过不少喜爱的诗。那时节的出版好像很好做,我们也凑热闹给书商编了一些书,今夜翻拣旧书,看到寄波当时编的诗集《握一把苍凉:乡愁抒情诗精品》,久久不能放下,一页一页温存起来。同时还出了一本"乡愁散文精品",名字也叫《握一把苍凉》,文章是我选的。

书名是借用台湾作家司马中原同题散文的题目,我们认为"握一把苍凉"最能表达乡愁之意。出书那时,各大城市都有很多外乡来求生活的民工,我在好多地方都看到一些青年男女在看这本书,心里很是自在。

也许,四月是伤感之月,今夜读诗,别有一番惆怅意。怀乡思亲的情绪涌上心头。

有一首白连春的诗,当时读来喜欢,现在仍然喜欢。白连春是四川的农民诗人,当时生活十分清苦,听说现在过得不错。他的那首《藕》让我们读了千遍也不厌倦——

说好了二十年后做我妻的

说好了红红白白的荷是为我午夜

疲倦的梦境而飘香的

说好了在这个季节　南方的冬天

来临之前为我生一个儿子的

今晚我不能面壁作诗了

我的父亲在壁上眼巴巴看着我

他的一双手从黑暗之中

伸过手来想抱孙子

而你的花不知被谁摘去

而你的茎不知何时已断

说好了浊流再大清白不变的

说好了纵然落得最底层也要好好过日子的

如果你信念未枯

我午夜的门始终开着　你来吧

看见一个人在一盏灯下

面壁而坐　那就是我

二〇〇八年四月十三日

这些山

杨争光写过很多小说，我记得最清的是《老旦是一棵树》。他编剧、策划过很有名的电影和电视剧，最感动我的是《激情燃烧的岁月》。

但最最打动我的，是他的一首诗，二十年了，我时时都在想起。他写了很多诗，我只记得这一首。

这诗发表在一九八七年六月号的《诗刊》上，"陕北组歌"中的一首。名字叫《这些山》。

我在乡村待过，在大山里待过，也许就特别明白他的表达——

  这些山照在画片上
  就是美丽的风景
  这些山拢在夜里
  就是一个和睦的家庭
  这些山连在一起
  折断你的视线

这些山一声不吭
让你迷路

这里的人吃这些山
这里的人靠这些山
他们是一群守山的人
死了，埋在山里
埋进石头
外边的人不会知道

没有看见那些洗衣服的女人
谁知道这里会有爱情
没看到那些晒太阳的孩子
谁知道这里还有幻想
没在山里住过
就不懂那些恨山的人
为什么在伤心的时候
想抱着山大哭一场

  我一直以为他还是陕北人，常常想起他在我的北方的某个地方，不曾想到他现在已走出了"这些山"，生活在了深圳，是那里的作协副主席。

二〇〇七年十一月五日

真 美

一

我一直喜欢白描的文字作品,看似平淡的描述,其中有无尽的魅力。

朱自清的文字就是这样的,有一次朋友要我出一个散文选本,我选了朱自清的《冬天》。开头的第一句话是"说起冬天,忽然想到了豆腐"。打动我的是该文第三部分,现摘抄下来,看看是不是很温暖心窝。

在台州过了一个冬天,一家四口子。台州是个山城,可以说在一个大谷里。只有一条二里长的大街。别的路上白天简直不大见人;晚上一片漆黑。偶尔人家窗户里透出一点灯光,还有走路的拿着火把;但那是极少了。我们住在山脚下。有的是山上松林里的风声,跟天上一只两只鸟影。夏末到那里,春初便走,却好像老在过着冬天似的;可是即便真冬天也并不冷。我们住楼上,书房临着大路;路上有人说话,可以清清楚楚地听见。但因为走路的人太少了,间或有点说话的声音,听起来还只当远风送来的,想不到就在窗外。我们是外路人,除了学校去之外,常只在家里坐着。妻也惯了那寂寞,只和我们爷儿们守着。外边虽老是冬天,家里却老是春天。有一回我上街去,回来的时候,楼下厨房的大方窗开着,并排地挨着她们母子三个;三张脸都带着天真微笑地向着我。似乎台州空空的,只有我们四人;天地空空,也只有我们四人。那时是民国十年,妻刚从家里出来,满自在。现在她死了快四年了,我却还老记着她那微笑的影子。

无论怎么冷,大风大雪,想到这些,我心上总是温暖的。

以前,我认为只有中文的原创才会有这样的文字魅力,后来读到一些译文,也时时让我在这种文字的美中频频感动,让我不得不一口气把书读下去。前几天在书店看到陆智昌设计的纳博科夫的《黑暗中的微笑》,先是被这本书的设计迷倒,翻开书,第一段文字就把我吸引住了,我是忍不住就买回家读完了。

从前,在德国柏林,有一个名叫欧比纳斯的男子。他阔绰,受人尊敬,过得挺幸福。有一天,他抛弃自己的妻子,找了一个年轻的情妇。他爱那个女郎,女郎却不爱他。于是,他的一生就这样给毁掉了。

这本书的译者是龚文庠,是他把纳博科夫的故事讲得那么的美的。

还有一位翻译家也把这样的文字给了我们,他是李文俊,他译的福克纳的一篇短文,十多年前我读到的,现在仍十分清楚地记得。

在卡洛琳·巴尔大妈葬仪上的演说词
(1940年2月于密西西比州奥克斯福镇)

我出生时起卡洛琳就认得我。为她送终对我来说是一种特殊的光荣。我父亲死后,在大妈眼里我成了一家之主,对于这个家庭,她献出了半个世纪的忠诚与热爱。不过我们之间的关系从来也不是主仆间的关系。直到今天,她仍然是我最早记忆的一部分,倒不是作为一个人,而是作为我行为准则和我物质福利可靠的一个源泉,也是积极、持久的感情与爱的一个源泉。她也是正直行为的一个积极、持久的准则。从她那里,我学会了说真话、不浪费、体贴弱者、尊重长者。我见到了一种对于一个不属于她的家庭的忠诚,对并非她己出的子女的深情与挚爱。

她生下来就处在受奴役的状态中,她皮肤黑,最初进入成年时她是在她诞生地的黑暗、悲惨的历史阶段中度过的。她经历过盛衰变嬗,可这些都不是她造成的;她体会到忧虑与哀伤,其实这些甚至都还不是她自己的忧虑与哀伤。别人为此付给她工钱,可是能够付给她的也仅仅是钱而已。何况她得到的从来就不多,因此她一生可以说是身无长物。可是连这一点她也默默地接受下来,既没有异议也没有算计和怨言,正因为不考虑这一切,她赢得了她奉献出忠诚与挚爱的一家人的感激和敬爱,也获得了热爱她、失去她的异族人的哀悼与痛惜。

她曾诞生、生活与侍奉,后来又去世了,如今她受到哀悼;如果世界上真有天堂,她一定已经到那里了。

有一个叫温源宁的中国人,他用英文写了一本小书,是专门记他认识的人,有很多的文化名人,也是十多年前读过的了。记不得是谁译的,译得真美,我没有这本书,书不厚,我从龚明德先生处借来复印了一份,好像是湖南出的,书名叫《一知半解》。最近有家出版社也出了,不过做得不好,也改了书名,新增了些其他文章,我还没有下决心买。

二

入夜,窗外小雨淅沥,打在雨棚上,如同与蕉叶私语。女儿说,她最喜在雨夜睡觉。

静坐沙发上,翻开《历代小品大观》,温习张岱、苏轼小品,钟爱有加。与旺夫说,西湖湖心亭我们去时,如集市,看张岱所记《湖心亭看雪》,水墨画意境也。

湖心亭看雪

崇祯五年十二月,余住西湖,大雪三日,湖中人鸟声俱绝。是日更定矣,余拿一小舟,拥毳衣炉火,独往湖心亭看雪。雾凇沆砀,天与云、与山、与水,上下一白,湖上影子,惟长堤一痕、湖心亭一点、与余舟一芥、舟中人两三粒而已。到亭上,有两人铺毡对坐,一童子烧酒,炉正沸。见余大喜,曰:"湖中焉得更有此人?"拉余同饮,余强饮三大白而别。问其姓氏,是金陵人,客此。及下船,舟子喃喃曰:"莫说相公痴,更有痴似相公者!"

此文选自张岱的《陶庵梦忆》,骆玉明说"张岱的小品从来不爱讲道理,他只是感受人生,描绘人生",此文可见一斑。我在出版社时,曾编张岱《夜航船》,也因太喜其小品文,遂将《陶庵梦忆》《西湖梦寻》做附录收编,其时影响甚大。

又翻到苏轼的《记承天寺夜游》,不由读出声来——

元丰六年十月十二日,夜,解衣欲睡。月色入户,欣然起行,念无与为乐者。遂至承天寺,寻张怀民。怀民亦未寝,相与步于中庭。庭下如积水空明,水中藻荇交横,盖竹柏影也。

何夜无月,何处无竹柏,但少闲人如吾两人耳。

寥寥不足百字,苏轼慧心妙笔,颇有禅味。有古评语:"仙笔也。"

一直想编一本可供女儿背诵的小品文,可惜能力所限,终不敢妄自动手。

如有人能编成,善莫大焉。

二〇一一年三月二十六日

苏白肉豆汤饭

吃过好多次苏白肉,现在又想吃了。

白肉也称拌白肉或称蒜泥白肉,这道菜在四川就跟四川泡菜一样,百家做有百家的味道,怎样做调料,全凭自己的口味。

因为是道大众菜,几乎家家餐馆都有,无论餐馆档次的高低。只不过高档点的餐馆很注重形式,还能让食客们先饱一下眼福。

既是开餐馆,做的菜就不能完全凭自己的喜好,要符合最大多数人的口味才得行。

我是个肉食性动物,爱吃肉,蒜泥白肉总是平素爱吃的一道菜,吃多了也才有了比较,才知道好坏,自从吃了苏白肉,才发现其他的白肉比起来就真是逊色多了。

苏白肉是成都的名小吃,开始我还疑惑,为什么一道肉食凉菜会是小吃。查了一些资料才知道肉食称为小吃是成都小吃的特点,像棒棒鸡、夫妻肺片都是小吃。

我观察了一下苏白肉的配料,其实很简单,都是平时我们知道的几种佐料,辣味是以辣椒油代的,估计里面加了其他的味,从形态上看不出来，不然的话味不会那么丰富，酱油我认为特别些，是红酱油，有甜味，也就是说有糖分，有黏度，色与味都易附在肉上，肉就容易入味了。很多餐馆的这道菜，看似不错，入口时也还觉得有味，可多嚼几下就是无聊的肉味了。苏白肉不同，入口后的味会很忠贞地跟着你的味蕾。

猪肉也很具特点，用的是二刀坐墩，这个部位肥瘦相宜，做好的回锅肉也是用这块肉为佳。煮的程度是刚熟，让人想起白斩鸡的煮法。肉片切得很薄（便于入味），很要些刀上功夫，而且片很大，又让人联想到连山回锅肉的做法。一片是一片的，看起来很实在，吃起来很有江湖的味道。

这道菜的发明人是一位姓王的大姐，冠以苏姓，是因为她先生姓苏。发明这道菜时她还在国营的一家餐馆，不便署她的名。十年前以"苏白肉"的名参加成都名小吃的评比，得了名小吃的奖，现在这个奖牌还在她简陋的餐馆里挂着。

她告诉我说，她曾在滇味餐厅工作，当时是一级厨师。滇味餐厅也是成都的名店了，一直与陈麻婆豆腐店一墙之隔，几乎与麻婆豆腐齐名了，一个滇字，让它在四川没有了地位。现在仍在营业中，主要是吃过桥米线。

这道菜是让我一直充满联想的一道菜，当我听说她是滇味餐厅的厨师时，我是终于明白了她这道白肉为什么这样做了。

煮到刚熟，是因为在过桥米线的滚汤里还有再次烫熟的机会，会更熟。不至于让食客们觉得是生的感觉。在拌白肉里，用作料免去了人们生的疑虑。

切得薄，是为了在米线汤里迅速更熟，因汤在碗里，会冷却得快。在拌白肉中，因为薄，肉就入味也快。

切得大片，因为在米线里，肉毕竟是配料，一般只有两片，真是让人感觉很实在，其实因为切得薄，量并不大。在拌白肉中也是同理，大片了也好看，也是她做这道菜的习惯使然。吃过滇味餐厅的朋友，想想看是不是这样的。

既开店叫苏白肉豆汤饭，那豆汤也应是她店里的特色。的确不错，家家都能做的烂豌豆肥肠汤，只是我怀疑她是把肥肠与猪蹄共煮，或是煮肥肠汤时加了猪蹄，我认为只是豌豆的淀粉是不足以有那样的黏合度，应有胶质，因此想到了猪蹄而已。我问过王大姐，她不承认，或不愿透露，只能由我胡乱猜测了。

喔，差点忘了，地址在鼓楼北街。

二〇〇六年九月二十日

青城山脚罗鸡肉

我吃过的鸡肉不少,好像前世跟鸡啊鸭啊有仇似的,今生它们注定要成为我的口中餐,恨不得顿顿都有。

为了怕鸡啊鸭的报复我,我只能说休得怪我,历来吃你们的人太多了。真不知是因太爱它了还是太恨它了,我看见选宅基地时人们要宰它,楼盘开工要宰它,就连那些车牌号遇到不吉利的"4"字时也要宰它,还唯恐大家不相信是鸡,车牌上还要粘上几根鸡毛,鸡做到这份儿上也真是可悲啊。

但是鸡肉又真的是好吃的东西,虽我也见过不吃鸡肉的人,毕竟是凤毛麟角。既然吃鸡的人多,做鸡肉的就从来没有放弃过对鸡肉烹制的追求,吃鸡肉的佳话也就层出不穷。其他人怎么吃鸡休管,今天只说我的一些体验。

若要问最好吃的鸡肉是哪家,会把我难住,远的不说,成都的鸡肉也举出不少,像魏鸡肉、梁鸡肉、棒棒鸡、椒麻鸡、罗鸡肉……还很多叫不出名来的,都给我有深刻的印象,远的如河南的道口烧鸡、上海的白切鸡、台湾的太监鸡等等,最难忘的是在深圳新桃园酒店吃的鸡，像白切鸡的做法，味美得来若干年了还时时记得，该掌嘴的是，吃了后居然记不得它叫什么名字，好久没去深圳了，特别地想念。

在成都，都江堰的鸡是不得不说的，只要你到都江堰青城山去，沿路鸡品牌是出奇的多。最著名的是"罗鸡肉"。

已记不得是哪年第一次去吃的罗鸡肉，吃过后就一直没有忘过，每次有客人来，只要去游青城山，必安排去吃罗鸡肉。罗鸡肉店就在青城山脚的一个小院里，如果没有人带去，你未必能找得到，但它就是酒香不怕巷子深的那种店。现在的罗鸡肉店里的菜丰富，什么样的菜都有，最具特色的还是鸡了。鸡血、鸡杂、鸡肾等等都能做成各种菜品来，味其实很简单——家常。能到那里去吃的，大多是吃腻了的宴席嘴，就为了那股家常味。

出名的那道鸡是凉菜，一般来说鸡的凉菜不外是凉拌或是卤的，这里不是。鸡肉与料是分开的，蘸料类似香辣酱，既可蘸酱吃，也可只吃鸡肉。各是各的味道，既合川人的口，也宜外乡人的口。据说罗鸡肉的历史很长，起源于清道光年间，迄今逾百年了。看到每天都有那么多人来，我在想，在没有冰箱的时代他们是如何保鲜的呢。都江堰的马瑛兄一次跟我说，因为每天都要卖大量的鸡肉，当然不可能现杀现做，而恰恰罗鸡肉的制作过程复杂，秘制不为外人道，需要很长的时间，当时他们就在头晚把鸡做好，挂在井里，不仅保了鲜，而且更有一种清香的味。

　　生活在都江堰的国平兄对都江堰的历史文化很了解，而且他还有专业厨师的本本，好像是三级。一次我们谈起品罗鸡肉的事，他说他曾写过一篇有关罗鸡肉的文章，他说罗鸡肉最早起源于清代光绪年间，出自土桥的罗家大院。罗家大院是当地的名门大户，后来家道中落，到光绪年间，罗家便只能以卖鸡肉维生。罗家世代名门，精于食道，家道衰落后，便在这一维持生计的菜品上千方百计下功夫。

　　罗鸡肉家有祖训：工艺传男不传女。传自罗丰顺一辈时，便遇上了难题，罗丰顺膝下无子，只有二女。一个女迫于生计外出当搬运工，累得吐血而亡。一向谨遵祖训的罗丰顺无奈，不愿罗鸡肉在他手上失传，不得不将手艺传给了另外一个女儿，就是现在罗鸡肉第五代传人胡兴文、胡兴元兄弟的母亲。

　　"文革"时，罗鸡肉一度名气大增，不论是工人、农民、知青还是操哥，都晓得太平场天成街有个卖鸡肉的罗丰顺。当时到处都在割资本主义尾巴，罗鸡肉只能早晨天不亮就偷偷地买鸡回来，偷偷地杀、偷偷地做、偷偷地卖。好吃嘴儿闻香而至，每天不仅屋子里挤满了人，连厕所边都是站满了远道而来的人。

　　当时没有冰箱，为了保鲜，罗丰顺就将鸡肉装进篾筐，吊在水井深处便能让鸡肉保鲜二至三天。十二岁开始，外孙胡兴文便开始跟着七十多岁的外爷罗丰顺学做罗鸡肉。二十世纪七十年代末，胡兴文的母亲就开始背起背篼在都江堰城区走街串巷卖胡兴文兄弟做的罗鸡肉，城里迅速掀起了吃罗鸡肉的热潮，甚至许多人每天在罗鸡肉必经之路上守候。二十世纪九十年代中期，胡氏兄弟在青城山镇桃花村各开了一家农家乐，都卖祖宗传下来的美味罗鸡肉。

罗鸡肉能流传百年，长盛不衰，答案只有一个，那就是它打破了传统的凉拌鸡肉的单一模式，食客既可以品尝白味，又可以凉拌而食。白味是罗鸡肉的精髓所在，干、沙、细嫩，土鸡特有的香气，回味绵长。

在不了解这段历史前，我曾观看院内，并无古井，以为此保鲜法只是传说，而今信焉。

前年，台湾大地出版社的吴锡清社长（唐鲁孙谈美食的文集就是他们出版的，广西师大社曾引进出版，影响甚佳）与大都会出版社的林敬彬社长来。游完青城山，我陪他们去吃罗鸡肉，去时说好了下午要游都江堰景区就不喝酒了，但最终还是敌不过罗鸡肉的引诱，十几瓶啤酒摆在了脚旁。晚上我们在夜啤酒长廊，我想起我在此曾吃过像胡兴文母亲那样背着背篼游卖的"椒麻鸡"，这个更具川味特点，味也特别的鸡肉，最大的特点是麻，越麻你越想吃。

这种游卖的美食，要看运气，碰到了才吃得成，有时就是碰到了也难吃成，他卖完了。还好，店主有他的电话，我成功地让清哥与彬哥尝到了这道他们此生难忘的"椒麻鸡",果然他们是越怕越想吃,嘴都肿起来了还是要把筷子往盘里伸。

　　隔年我去台湾,他们带我游阳明山,晚上在半山腰一家专卖鸡肉的店招待我。鸡是跑山鸡,在山里散放的鸡,肉质口感特别的好。我们要了两锅,一是"凤梨苦瓜鸡",一是"苋菜鸡",回味起是至今吃过的最好的两道炖鸡。

二〇〇七年十月十八日

荣园的菜

这是一家并不起眼的小餐馆,在蜀汉路的丁字路口,上上下下我不知路过那里多少回,做梦也没想到那里会有很对胃口的菜品。

第一次去那里是卢泽民、肖平兄一块儿去的,当初跟我说是这里的爆炒鱿鱼丝很好吃。鱿鱼是我极不感兴趣的一道菜,去的时候并没有抱多大的希望,只是想能跟哥们儿一起聚聚是件乐事,去就去吧。

普通得不能再普通的店面了,去的时候已是热闹得很,客满了。幸好有卢兄的朋友张军早在那里占了位子,我们才得以安然就坐。张军这名字说起很吓人,让我想起那个黑社会的大哥。他果然是个高手,从事广告的,在这里来过好多次了,什么是这里的拿手好菜,他一下就点了出来,聊天时掌故极多,很风趣。据他说,他有的朋友在这里吃上了瘾,三天两头要来这里吃鱿鱼丝、鳝鱼丝。他说的真还不虚,没一会儿,他说的那位朋友就来跟他打招呼了。

爆炒鱿鱼丝、爆炒鳝鱼丝和鲜辣鳜鱼（这道菜略带酸味，我不是太喜欢，不过请客时也要点它，价有些贵，打台面可以）是这里的主打菜，横扫整个店堂，你会发现很少有人没有点这几道菜的。

一入口才知道那鱿鱼丝啊，真是个了得。均匀的鱿鱼丝与清新的红鲜椒，再配少许的姜丝、蒜苗、花椒通过滚油一爆，在极短的时间起锅，其色泽鲜明透亮，煞是好看。鱿鱼丝极脆，有质感。鲜椒极辣，海味与蒜苗的清香联姻，是和谐美满的家庭味。

一名菜为爆炒鳝鱼丝，做法与鱿鱼丝的如出一辙，但淡水鳝鱼质感与鱿鱼相比，更是一种细腻的美。有温柔的一面有泼辣的一面，像极外地人品评的成都姑娘。

后来多次去那里，发现菜品中多为爆炒系列，还有爆炒黄喉、爆炒毛肚等等好多种，小小的店，菜单上的菜品种还真不少，多为家常菜，很下饭。

老板说这里用的辣椒是从富顺、威远两地运来的，所以特别的辣和香。老板是个认真的人，戴深度的眼镜，像个知识分子，对每个开车来的客人都要嘱咐说，这里的治安不好，常有人敲坏车窗抢物，要小心车里的贵重物品。尽管路口早已安装上了探头，但客人进了店内，他还时不时地去巡视一下你的车。

几个主打的菜品都很辣，所以我还很少带外地朋友去品味，

近墨者墨

即使是我们自己，也是要在辣瘾犯时才特别地想念那里。

因为辣，所以是喝啤酒的好地方，即使是冬天，我也是要的冻啤酒。无论什么时候去，都是满头大汗，当然我说的是我自己。

但有一次却让我大跌眼镜，去年暑假，清华大学刘兵教授的女儿刘天天考上了首师大后，全家来成都美食游。他们一家子都喜欢辣，而且不怕辣，说是到什么地方专找辣的吃。我心想北方人，再怎么爱辣，对我们来说也是空了吹。还是温柔点吧，带他们去吃了狮子楼火锅，他们认为不辣。刘天天说她最早对辣的接受是在都江堰吃串串香，是"第一次很辣的饭的特殊意义"。后来去吃玉林串串香寻梦，虽说也算好吃，却没有都江堰串串香那份辣的记忆了。

我想那就带他们去荣园吧，也许会给他们一点教训。

点的就是上面说到过的菜，我一直担心他们会受不了，哪想，在我已是满头汗水的时候，他们却不动声色，认为这里的辣太平常了。刘老师因为痛风不喝啤酒，还能经得住那威远、富顺朝天椒的猛，真是服了他了。

虽说这家店并不大，却也开了很多年辰了，当我带一些朋友来吃时，他们说多年前对这家店的菜已是耳熟能详。除了上面说到的招牌菜外，也还有很多上得了台面的，如炒牛肉丝、香菜圆子汤、白果炖鸡等，都可称得上是人见人爱的菜。

近墨者墨

因店堂不大，后来的客就会安排在街沿上，街沿不宽，也可摆上好几张小桌子，不冷不热的时候，大家还很喜欢在街沿上自由自在。

荣园的斜对面有一家卖甜皮鸭的，如果对荣园的菜还意犹未尽的话，可以去砍上半只，下白酒干啤酒，自在自知。

值得一记的是，一次我们点了一份腊拱嘴，我认为太没特色，就让厨师拿去回锅一下，加些老姜丝与蒜苗合炒，但不要辣椒。此菜色鲜味美，品相也佳，也成为我每次去的必点菜。

好久没有去吃荣园了，是因为身体的原因，医生建议少吃辛辣的东东。住过医院，知道身体不好有多苦，全都是好吃惹的，自然不敢大意了。不过，回忆的味道也是不错的。

二〇〇六年四月二日

易姐跷脚牛肉

　　跷脚牛肉的来历说法很多，起源的时间有的说是在清末，有的说是在上世纪三十年代，总之在说时都忘不了说一句那时"民不聊生"，一位罗姓的老中医有怀世济民之心，在乐山苏稽镇熬汤煮药救济贫民，后用别人丢掉的牛内脏与药同煮（这点有些吹了，在民不聊生的年代里哪会有丢掉的牛内脏，现在都不丢，何况以前，看来编故事的人没有编圆），发现不仅味美汤鲜，而且还能治病，应了中医"以脏补脏"的原理。罗老中医广布道施，来吃的人是越来越多，由于座位太少，很多人在路边跷起二郎腿（也有人说是一只脚踏在小凳上）吃，天长日久去罗老医师处吃牛肉汤的，便叫做去吃"跷脚牛肉"了。

　　我是不太赞成跷二郎腿或是一只脚踏小凳的说法，这样的吃法都太闲情逸致了，能跷着二郎腿和脚踏小凳都是十分舒服的就餐方式。座位少的情况下，更不可能这么逍遥。我认为既然罗老医师生灶熬汤布施，肯定是口多汤少，每天围着罗老医师锅边的场面一定很热闹，离锅远的人必然是翘首以待，踮起脚后跟往里看，跆脚四川话也叫跷脚，这才应是跷脚牛肉得名的真正说法。

跷脚牛肉现在是乐山人引以为荣的美食，这几年在成都是大行其道，不知有多少家冠以张王李姓的跷脚牛肉店招摇市间。

易姐跷脚牛肉店在电信路天使宾馆旁边，是一家临街的小套房，在这里开了有八年多了，我每年都不知要在这里吃多少回。她的对面也有一家，去吃过两次，自吃了易姐后，便不复去了。

有一回诗人杨政从北京来，他是卢泽民的好友，卢泽民说要带他去沙湾看看他曾工作过的地方，邀我同去，路过苏稽，卢兄特地引我们去吃"马三妹全牛汤锅"。

马三妹的跷脚牛肉店虽开在路边，却大得来可以容得下两百多人同时就餐，不得不让人承认马三妹能干，生意做得海；当他们俩都在称赞其味美汤鲜时，我心里却还是惦记着易姐的店。总认为与易姐的比起来，马三妹也未必就是胜出些许，还是有些差异的。想想也是，天远地远去吃，哪能有闲情吃得顺畅啊，何况吃完后还要赶路去沙湾呢。

易姐名叫易秀苇，她听说我去过马三妹那里，就滔滔不绝地说了马三妹成功的原因。她先生姓罗，说他们家离马三妹店只一公里多，看来易姐跷脚牛肉是来自正宗的跷脚牛肉发源地。

跷脚牛肉最根本的是那锅汤，汤清见底，很清淡的油面上，只能看到少许的芹菜、枸杞，用筷子去捞，会发现锅里还有老姜和大蒜。待汤沸后，将煮熟的牛肠、牛肚、牛尾、牛筋等等倒入汤中，不一会儿便香浓四溢，品汤，汤便更鲜美了。

蘸料是太简单不过了，只干海椒碟最为正宗，只需放一些盐和味精，便是人间至美。当然更多的食客会在里面放些香菜、生椒和豆腐乳。

易姐跷脚牛肉汤有别于其他的地方是有两道冒菜，其他好多跷脚牛肉店里没有的，即便是在马三妹处我也没有点到——没有。一是冒毛肚，一是冒牛舌。毛肚一定要是水牛的，保证要新鲜，切成拇指宽的条，而且不能用水泡，这样才能保证毛肚脆度，蘸了干海椒面儿后，嚼起来脆生生地响。牛舌一定是要用"舌顶"，易姐说，也就是我们常说的舌尖部位，这部分的牛舌冒出来也是脆的，口感极佳。我认为这两道菜能保持这样好的口感，原因很简单，是火候掌握得好，为什么易姐这里不把这两样菜让客人烫着吃，而是必需另用容器盛着，主要是小盆盛的汤会渐渐冷却，这冷却就让由师傅冒得恰到好处的毛肚和牛舌能长时间保持其脆度。你想如果把这两道菜以像吃火锅的方式，放在滚汤里烫，很难做到口感刚刚好，一般都会烫老，吃起来形同嚼蜡，如果把牛舌煮熟去烫，更有可能烂得来不知如何表述其口味了。易姐说这两道菜如果用火锅汤来烫，味道也很好，成都人更喜欢。用我的朋友安得意的说法——未见得，但愿易姐不要有这样的尝试，那样火锅店到处都吃得到，别人

近墨者墨

何必到你这里来啊。

这两道菜是我最爱的菜,有时嘴馋了,一个人也跑去吃,一碗干饭,一份毛肚一份牛舌,当然还要一份泡菜,我想就算是神仙也会知足的。

我不明白为什么汤会那么清,问易姐。她生怕我们不相信她的汤正宗,一再强调说"我真的是用十几味中药熬成的"。里面还有猪油、胡辣椒、鸡精,把药打成包与肉和内脏,她特别强调还有牛鞭一起熬。是哪十几味中药她没有说,即便说了我也未必记得清楚,绝对偷不了师,也学不了艺。还有我们在吃跷脚牛肉汤的时候,我是只闻其香品其鲜,很难察觉到汤里的中药味。一是我味觉的迟钝,更主要的是,易姐中药配方的秘诀所在,刚刚好,才是真的好。如果我们一下子就让某种特殊的味感染了,往往会失却美味的真谛了。

在我眼里跷脚牛肉汤锅,是四季皆宜的美味,可惜成都人更多地会把它当滋补品来看待,而且深信冬季进补最能强身健体,所以生意兴隆的跷脚牛肉店,大约都是在冬季。

二〇〇七年九月二十八日

李记无名肥肠

肥肠也就是猪大肠,很世俗的东西。也正是因为其俗,用它做出来的东西才让人时不时地要想念它。

曾有一家叫唐肥肠的店,开得很大,可以用猪大肠来做席,什么花样都有,有一段时间也确是火。不过毕竟是俗物,不能久登大雅之堂,最终还是关门了。下水这东西还是小家小店的做法让人怀念。

记不得是哪个时候第一次去吃双流城里的"无名肥肠"了,朋友告诉我们的名字叫"漂汤"。也许是真不好给这道菜取什么名字,老板的招牌也只是挂了个"李记无名肥肠"的名。

李记无名肥肠的店并不大,朴朴素素地只摆了十几张桌子,菜种也不多,我虽没有吃全过,想来也超不过十种。我们每次去,无论去的多少人,都是三四个菜不断重复地点,不够了就加。

当然最有名的是肥肠,我们叫它"漂汤",这道菜是这家的看家菜,也不知是怎么做的。肥肠弄得很干净,白生生的,没有一点异味。这是一道汤菜,底是时蔬,根据季节的变化有所不同，一般都是莲白和绿豆芽，白水烫到刚熟，上面是早已煮熟的肥肠。汤是白汤，没有任何味道。吃的时候，味全在调料里。调料肯定是秘制，不外传，这料与众不同的是，它一旦与菜黏合，就变成了独特的美味，吃了有瘾。不像有的调料，味和菜是分离的，是两个味。肥肠的特点是炕且脆，蘸上调料一进口，那脆生生的感受是无法言表的。

我们常点的菜还有两个，一是拌拐肉，也就是猪的腿关节，我细看了，也不是那关节的准确部位，其实是肘子部位。这是个凉菜，不绵，软，脆，化渣。因是拌好端上来的，不知道与肥肠的作料的配方有多少不同。另一道是拌白肉，这是最普通的一道川菜了，但这道菜百家拌有百种味，我最不喜的是，很多地方的这道菜看起来很漂亮，吃起来如嚼蜡。我比较爱吃的一是"苏白肉"，还有就是这家了。很多餐馆的凉拌菜都有百菜一味之败，吃什么都一个味。这里不同，看起来颜色相近，味却是大不相同。吃拐肉就是让你品味那部位的细腻，吃白肉就是让你领略一片片的酣畅。

这家店是不适合喝酒的店，虽也有酒售，一般也没有人要。这里只适合大碗地吃饭。一般一进门就是送上一碗米汤，有米汤，当然就是沥米饭。饭是一粒粒的，很有嚼头，一口肥肠，一口饭，一口米汤，保你一次几大碗下肚。

很多年了，这家店保持只卖中午这一餐。让我们感到老板

近墨者墨

很牛，不让你吃晚餐又怎样！老板姓李，名付君。从来自己主厨，亲自操刀，想来这是她经营多年仍很兴旺的秘诀。其实晚上在双流是可以吃上同样美味的肥肠的，是她妹妹开的，晚上她还要在那边去帮帮忙，但吃客都有心理作用，总还是认为只有李记无名肥肠的好。

二〇〇六年三月二十五日

酒囊话酒事

爱写诗的宋阳给我的 QQ 好友印象是：白酒酿成缘好客，黄金散尽为收书。是否准确先不论，倒是道出了我平生的两大爱好——酒与书。

知我的朋友都晓得买书、喝酒是我人生中不可或缺的必做功课。也许正因为此，那天我与晓剑兄都喝得有些麻的时候，他说你写一篇关于酒的文章给我吧。因为麻了，我没有记真切他说的话，只是答应好好好，算是应承了。后来又去了白夜酒吧，分手时我已记不得他说过的话了。

晓剑兄读书写书让人敬佩，酒量也有过人之处，微醺后表现犹佳。有次与贺雄飞在茶楼里论道说理，很有男人气，与平常里的斯文相大相径庭。能与辩才高手贺雄飞过招，其他人喝了酒也未必有这个胆量，让人恨不得要上去拥抱他一下。可见人都有两面性，要全面了解一个人，酒后这一环节不可少，真性情都表现在酒后。滴酒不沾的人老吴怕怕，水太深了。

我跟晓剑兄喝酒的次数并不多，估计我在酒桌上说了不少酒话，让清醒的他还有些印象。在他催问我写得如何时，我才恍惚记得有篇作文没有交。

其实我并不是真爱酒和知酒性的人，可以使劲地喝也可以随时一滴不沾，所以说对酒的话题我是说不出什么道道来的。

能写出有关酒文化的文章来的人，在我看来大多不是真喝酒的主儿。在当今以量小非君子的时代里，估计他们也是没有多少量的人。文人们爱说"唯有饮者留其名"，饮与喝的差别现在看来真是太大了，如果现在还以"饮者"自居，担怕会落个装腔作势的名也说不定。

善饮的人太明白他的所求了，他们清醒地知道可以留其名的目标。竹林七贤牛B哄哄的行为，称为魏晋风度，老吴不以为然，看过一本台湾列入"实用历史丛书"出版的《中国奇人传》，说的就是他们几个。放荡的行为，类似于卧薪尝胆，为的是达到自己的目的。

因为"黄金散尽为收书"嘛，关于酒的书，老吴自然收得不少，顺手就可拿到如《明报月刊》编的那本《茶酒共和国》，多牛叉的书名啊。还有夏晓虹、杨早编的《酒人酒事》，还有吴祖光老编的《解忧集》，翻了读了，介绍酒文化的多，真性情的少。所以说啊，所谓"李白斗酒诗百篇"都是骗人的把戏，认不得真，是杜老师的夸张。反正老吴从来酒喝高了不仅写不出文章，连看书也看不进去。甚至连回家的路都找不到,时常失忆,奇怪怎么就睡在自家的床上了。多数时间或者说多数人会在"斗酒"之后很魏晋风度,"自称臣是酒中仙"倒是一句不假的话。

酒文化别人说尽了,酒哲理一大筐。我真的说不来这些,说说跟我有关的喝酒的一些轶事倒是可以讲它三天三夜。呵呵,有那么多吗?酒话嘛,信不信由你了。晓剑兄,可以就用,要不得就算了哈。

说喝酒,恐怕离不了说说自己的酒龄。我喝酒的历史没有我弟弟的长,弟娃儿喝酒的年龄是在婴儿时期,那时可以说还在襁褓中,不能走路,只会简单地说些词汇,比如渴了晓得说"水、水、水"。话说那年春节,家中亲友满座,忙得一家子团团转。在快开席桌时,母亲怀抱里的弟娃儿口渴了,说水水水时居然没有人听见,没人理会他。他见面前的碗中有酒如水,端起来一干而尽时大家自然也就没有看到。在吃得酣畅淋漓时,母亲发现弟娃儿怎么一直很低调,一看满脸通红,摸额头飞烫的,以为发烧。好好的人不到半小时就有如此变化,真是不可思议,等母亲发现桌上的酒不见了,一闻弟娃儿满嘴酒气,才晓得糟了,比发烧还麻烦。好在最终没有大碍。现在他也时常喝酒,酒量也要几个人来比,不晓得是不是童子功起了作用。

小时候我是绝对的好儿童,除了听话没有什么恶习。嘿嘿,有点可笑哇。高中毕业了才喝第一口酒。当想到大家要各奔东西了,心情怪怪的,要好的几个同学就骑车到人民公园的一家小餐馆，每人要了一碗啤酒，难喝死了。隔年当兵去了凉山腹地，每天站岗无聊之极。阳光灿烂的日子里，青春最难打发。我们的执勤点之艰苦，难以用语言说清楚，历年的老兵都说连从这地方飞过的麻雀都是公的。喝酒就成了我们这些公人的最佳消遣。从此酒成了我生活中的一部分。现在的日子啊就是在酒坛子里，用一个朋友的话说，老婆常常上半夜守寡，下半夜守尸。

部队绝对是锻炼酒量的好地方，高中毕业喝一碗啤酒就偏偏倒倒的，差点栽倒在自行车底下。到部队没多久居然在一次生日聚会上喝了一斤多"韩滩液"，外加啤酒若干。弄得来第二天了都还在吐，从此晓得喝醉实在是不安逸，唯一的收获是，领导放了我一夜的假，可以不站岗了。当兵的夜里不站岗简直是比看到一只母麻雀还幸福。当兵的三年，我没有像保尔·柯察金那样把自己炼成了钢铁，却练就了一副好酒囊，为宋诗人说的"缘好客"打下了坚实的基础。

有一个公理，是人人都晓得的，人最大量最无私的时候，就是在喝酒时候。不管公款私费，没有几个人会自己先把自己灌饱了再说的。平时自己舍不得的老藏一旦拿出来，就希望别人多喝，巴不得醉翻你才好，这一点酒鬼们人人都很焦裕禄。

喝酒让人谦虚，哪怕肚子比弥勒佛还大的人，都不肯说自己的酒量好。喝酒的人都非常明白，这个江湖，强中自有强中手，一山更比一山高。更不排除有皇帝老儿封的"高手高手高高手"

近墨者墨

呢。能不能喝的人都会说一句话:"酒品如人品,不能喝也要干。"其实都是要暗中较劲,内心说老子比你强。

在酒桌上要轰退对手的方法是,大多是说自己的量小,让对方不知你的深浅。很难看到有人如老吴的,轰退别人的方法是说量大的。每每有人试我水深时,我都呵呵一笑,最高的纪录是两斤半左右。没有多少人会相信,也有人说你这算鸡毛啊,老子看到过喝五斤的呢。我相信,高高手嘛。

我爱讲那段"两斤半的故事":印诗人第一次拿到工资,非要请我们吃饭,在二毛开的川东老家。那晚喝的是"冉妈红"泡酒,从傍晚喝到深夜,结账时二毛说你们喝了六斤酒,掐指一算,其他人加起来不到一斤,我与聂胖子作平,一共整了五斤多。我开着车子回家,到了家的院子里,一个后轮落到了阴沟里。聂胖子在中途来电话问怎么样喔,我说还好,到家了。到了家里一阵狂吐,心里暗自庆幸没有现场直播,算是保全了脸面。可是第二天头暴痛,到晚才感觉到饿。最终聂胖子叹说他平生一憾事是,没有看到老吴醉过。其实那是年轻时候的事了,现在说这样的狠话是提"当年勇",不是好汉行为。后来终于让他看到了我的醉态,倒是我再没有看到他醉过了,不过我不以为憾,希望他再多整点。

以后虽也有喝到让人咂舌的地步,也曾喝倒过在我面前提劲打靶的人,但总的也没有超过这个量,我也不想超过了。岁月不饶人,巴不得把酒戒了。成都大使(我笑他大屎他也不生气,真是个大度的人)王跃王胖子说,人一生什么都是有定数的,喝酒如果前半生喝够了,下半生就没有得喝的了,喝多了老天爷都不会让的,你看哇得糖尿病了哇,再喝命都没有了。

说一个人"酒色财气"肯定不是一句好的评语,烟酒茶色哪样过度对你都没得好处。老吴不会烟,呵呵。经得酒,一万多人说戒了吧。杨长江知我得了富贵的糖尿病,见我仍往酒囊里灌酒,往饭袋里猛装,说:"狗日的,节制,节制啊。"羞得我觉得对不起先人。

肖平说,戒烟比戒色戒酒难。他现在是没喝酒不吃荤,每天都早早地回家,但有一样总是丢不掉,那就是烟。就跟一个大人物说的一样,其实"戒烟是很容易的事,我已戒过好几次了"。我们敬爱的肖总也是戒了好几次了,有一次居然戒了几个月,但一次出差中,在无意识的情况下就又买了一包烟抽了起来。你看,说起说起他就递了一支烟给杨君伟。

为什么戒烟会比戒酒与戒色更难呢?

我跟他们说,其实这是个感官感受的问题。

就说色吧,有太多的道德约束,没几个人敢明目张胆地来。如果你听了佛说,看女人就想象那是一堆白骨骷髅,你是想色也色不起来;李叔同风流够了看破红尘,说戒就戒了,看起来真还是有些容易。如果一个男人不行了,就算他想色也不行,这有关面子问题，所以说不戒也不行。终归是自己身体吃不消，心理受不起，所以啊戒起来也就容易。

戒酒跟戒烟可以说同样的话，"戒酒是很容易的事，我已戒过好几次了"，真正的酒徒一定会忘记自己戒酒的誓言的。老吴认为顺其自然为好，自己的量如王胖子所说够了的话，怎么叫他喝他也会不喝的。

能戒酒的人，这也跟身体感受与心理感受有关。不说那些有信仰的人。因怕酒伤害身体而戒酒的最多，而且现在是越来越多。这几年老吴血压高、脂肪高、胆固醇高（就是身高不高、收入不高），酒量减了不少，好多人觉得老吴适合做长久的朋友，不愿意跟我说再见太早，都纷纷劝我立马把酒戒掉。

说实话要戒它，老吴是有这个毅力的，不过想想，本来兴趣爱好就不多，生活会多没趣啊，所以不轻言戒的话。扯远了，还是说戒酒比烟易的话。

酒喝多了，对身体的伤害大，没有人会有异议，你想一喝多头就晕、痛，胃就难受，说不定还现场直播，弄得满身污秽，臭气满屋，人人用斜眼看你。偏偏这时酒醉心明白，知道大家恶心自己，心里更是难当，面子没有了，如果知羞，当然是想戒酒了。回到家里老婆心疼你又厌恶你，厌恶久了便心疼自己，觉得跟了这样的男人没搞头，便要离你而去，你想有几个男人会因为酒而把婆娘丢了的，说戒说不定就戒掉了。

近墨者墨

大家也知道烟的危害也不亚于酒啊，对肺的害处尤其大，但偏偏抽烟的人看到的死于肺病的人多半是不抽烟的。烟囱们最大的体会是"饭后一支烟，赛过活神仙"。奇怪的是抽烟的感受无论是身体和心理都是十分舒服自在。没见过抽烟抽醉过的，没听说过抽烟会没面子的，他们还会说"男人不抽烟，枉自活人间"，哪怕抽大烟抽得皮包骨，但他就是感到浑身舒服，你说这烟怎么戒？有人数钱把手数累了，但他绝不会放弃去挣钱，何况抽烟又不累，要累也是累的他人，凭什么戒呢？当然要戒烟就难了。

肖总听发一通"扁"言，很慈悲地笑笑，不跟我一般见识。

喝酒多的人说起话来确实啰唆，他不看人脸色，胆子也忒大的不怕人笑话。你看我这酒囊的话匣子，写起来就超字数了，而且还联想丰富，完全可以写一本酒气乱飞的书了，我还想说酒与礼仪的话，还想说醉酒后的荒唐事，还想写一些文人喝酒的掌故……说了酒囊，下面还有饭袋的故事呢。我叉，不得行了，将来一定完成。晓剑兄，请原谅我乱写一通，不要用了，权当一笑尔。

二〇一一年三月二十六日

鱼香味

女儿上学每天六点多起床，七点不到就出门，早餐都是些将就之物，或是昨晚就备好的快餐，微波炉里热一下就了事，或是在WOWO店随便买一些东西吃。中午和晚上自然是在学校食堂就餐了，吃过集体伙食的人都知道，不可能是理想的餐食。她晚上八点多回家时也没有什么可以吃的，即使有也是些冷菜冷饭了。

爷爷心痛孙女，每周总是要亲自做一些"好的，有营养的"给大家吃。吃了一周的"粗茶淡饭"，女儿对周末这顿就格外的挑剔，并不喜欢吃爷爷做的没有刺激的菜品。好在女儿懂事，并不声张，不过总是不想回爷爷家吃饭。

而她对二爸做的鱼却情有独钟，每个周末回去，总是提要求："我要吃二爸做的鱼。"

我弟弟做鱼，是承继了母亲的传统做法，自母亲离世后，弟弟跟我一样，对母亲没有一天不念想。对母亲曾给我们做过的菜，我们总是时时温习，做出来的味道相差无几。

这道鱼我也会做，而且精致细腻，色泽爽目，肉嫩味鲜，得到了母亲的真传。但我家现在基本不开灶，从来在外吃。女儿不知我有这手艺，而且并不相信我能做，更不可能会有二爸的味道好。即使我想在爷爷家露一手，女儿也绝对不许，怕我败坏了鱼的味道。

　　这个周末张十七（女儿她妈）不在家，爷爷与二爸都有事，家里就只有我和她了，早上照常送她到学校（她们每周六都要上学半天），我决定不动声色地露一手给她看。

　　送她到校后，我去市场上买两条鲫鱼和一些葱，其他的姜啊蒜的家里已有了。趁女儿还没有放学，躺在沙发上，再一次回忆起母亲做鱼给我们吃的过往。母亲喜欢做吃的，自己也爱吃。我童年时代与她住在资中县，父亲在成都工作，那时的家里穷得很，当然了，那时穷不止我家，大家都一样，父亲是拿工资的，比好多家庭都要好过了。没有菜的时候，母亲下一碗面来当菜吃，即使是面，也是出色的，就是一道地地道道的菜。有次在乐鸿老店吃饭，见有鸭丝面的菜时，点来一试，果然味美如记忆。母亲做鱼，那时哪里能随时都买到啊，母亲在没有鱼的情况下，也能做出鱼香溢满院落。那时我就明白了，所谓鱼香哪是鱼的香啊，是味道的香，是手艺的香啊。

　　母亲常常做鱼香菜给我们吃，这道菜就像羹一样，上桌时舀一勺在饭面上，无论怎么吃都是长食欲的。邻居们也误以为我们家在吃鱼,以为我家殷实,不无羡慕。有时也会有邻居大妈高声地问:"余老师,你们又吃鱼啊。"母亲是民办教师,听了这话只是笑笑,并不回答。满足感挂在脸上。前几年成都流行吃盖浇饭,什么都可浇到饭上,我想,要是把母亲的这道鱼香浇上去,那才是美味的盖浇饭呢。

做这道菜很简单,不需要复杂的程序,火候很关键。估计女儿要放学了,我做好前期配料工作,把老姜和蒜切成细末,泡姜和泡辣椒以及家藏的陈年老泡菜捞起来,同样切得细细的备用。葱切成小段单放在一边,女儿特别喜欢吃葱,我就多用了一点。鲫鱼洗净,抹少许的盐、芡粉和料酒。油放在锅里烧热,大约八成热时,放鱼进去炸,油开滚时熄火,将炸得略黄的鱼起锅。当女儿把门铃按响时,再开火,在油里放几粒花椒,花椒开始变色时,再放下姜末与蒜末,炒香。倒泡菜下去同炒,加豆瓣酱,炒掉泡菜和豆瓣中的水分,此时香味必然邻楼也闻得到。加上冷水进去,放鱼入汤里,待汤汁开后改小火,将鱼翻转几遍就行了,翻鱼时要小心,鱼肉烂了就不好看了。把鱼捞起放在盘中,勾芡,下葱,汁开后起锅,将汁淋在盘中的鱼上,一道家常的鱼就成了。

葱是可以生放在盘中的鱼汁上的,女儿不喜生的,我将葱下锅烫一下。芡要适当,稀了浓了都影响视觉与口感。

女儿看到成色与二爸有差异的鱼上桌时,将信将疑地试了一口，就大声地欢呼，说不仅有二爸的味道还有姥姥的味道。这道菜成功地让女儿认可了。

女儿也提出了几个疑问——

为什么你做的鱼油放得比二爸的多？

他们用的锅大，油散得开，炸鱼的时候就不用太多油了，我们家的锅小要多放一些才能让鱼都过上油，不然鱼皮会掉的。

为什么颜色没有二爸做的深？亮晶晶的好看多了。

二爸用的是郫县豆瓣，我们用的自制的豆瓣，而且酱油放得少。

为什么有姥姥的味道？

姥姥是自贡富顺人，喜欢用生椒，特别辣，我们家的泡菜就是泡的生椒，关键是不管是哪个做鱼都知道你想要的味道。

女儿每次躺在我身上，她都要说爸爸身上有太阳的味道，我喜欢爸爸的味道。

我曾做过好几道菜女儿都赞不绝口，有时她还带到学校让同学们吃，然后把同学的称许带回来。

其实我并不会做菜，比起我身边的烹制高手来，我恨不得钻进地缝里。

给家人做菜，味好，用的是全部的心和爱。

二〇一一年六月十四日

在台湾遭遇"圣帕"台风

与"圣帕"台风赛跑

在还没有出发去台湾前,台湾的朋友就打来电话说,这几天有台风,而且有十七级。

台风对台湾而言应是家常便饭,一个平常的自然现象,但像这么大的台风还是不多见,在台湾可以说是全民都紧张起来了。朋友们十分担心我们的这次台湾行,但行程已定,不去又不行。

八月十七日早上的台北,晴空一片,没有任何台风来临的迹象,我们平静地去了士林官邸参观蒋介石与宋美龄生活过的地方,后又去了台北故宫博物馆,只是时间安排紧凑得不可思议。本来是要在下午五点才完的项目,在午时就静静地结束了。为了让我们后几天能多待在台北做点公事,更是为了我们的安全,导游说我们要与台风赛跑。这次的台风首先是在台湾的后花园花莲等地登陆,而花莲正是我们今晚要住的地方。如果下午按计划在五点三十分从台北出发的话，到了花莲正好是台风登陆的时间，危险性太大了；我们一定要在台风到达花莲之前到达。大家当然没有意见，只有听之任之了。

台风的名字叫"圣帕"，从它的级别来看，台湾的人们都十分重视，其危害要波及台湾的大部分地方，几乎所有的单位都要在台风来时放假，学校更是不能上课。我的一位出版朋友对导游的安排十分不满，认为是在拿我们的生命开玩笑。

不过我倒是不紧张，心里还暗暗地有些兴奋，就安慰朋友说，这是我们的好运气，我们在内陆，从来就没有看到过台风，何况还与台风来一次亲密接触，是我们的幸事啊。

出台北城不久，在台湾的东海岸的公路飞驰，台湾的东海岸沿途风景本是十分优美的，如果能够停下慢慢欣赏，定是终身难忘的人生体验。没多久真的就变天了，天暗了下来，"山雨欲来风满楼"，我们第一次感受到了太平洋的狂风扫地，还好这不是台风。风来，雨也就会来，沿岸的风光与我们无缘了，就连经过的太鲁阁自然公园我们也只是能稍停一下，留到此一游的记号而已，很多地方都封路了。

没有一脸的兴奋，只有颠簸的倦意。到了花莲时正是黄昏时分，不过街上没有多少行人，我们入住的地方居然是离海咫尺的亚士都酒店。推开窗就能看到海浪一层层地扑过来，拍打在海岸上，像是跟初到此地的我们招呼，此时的岸上还有几个当地人在观潮，而酒店的各个玻璃窗已贴上了胶纸，以防圣帕的恶作剧。

等待"圣帕"来临

圣帕在花莲登陆的时间，其风眼是在凌晨一点钟左右到达，那时在风眼里是平静的，但其周围的风力的摧毁力极强。

我与刘景琳对"圣帕"台风充满了好奇，在与领导们商量好后几天与各出版社的工作后，硬是在拉着王益去外面看看风景。其实我们就是想去体会一下，外面的风有多大，看当地人都是在忙碌些啥子。风此时有七八级了，行走时已有些吃力了。

想去看看海的浪怎样拍打的海岸，隔离带已建好了，过不去。远远听海涛的声音，虽单调，也动人。

我们往城里走，这里哪像一座城啊。黑暗暗的，路灯微弱得像个病人，有些树枝已被吹折，偶尔有一辆汽车一溜烟跑过，往城中心去了，除了我们仨没有看到别的行人。

刘景琳像个小孩子，说是我跑跑步，一晃就不见了，多久才从另一条街上跑回来。他说晚上睡前他有喝酸奶的习惯，还要去找一家便利店看看。

便利店照常二十四小时营业，一男一女两店员若无其事地上着班，我对他们说，台风就要来了，怎么不关门。他们说台风没有什么，不就比平时大一点罢了。便利店里有书报杂志卖，主要是些生活与学习类的，文学类的主要是青春小说。王益买了几本英语书，说做得巴适，要回去研究研究。

雨点开始大起来了，只有在酒店里待着了。台湾出版界的前辈周浩正先生在电话里说，明天我们肯定走不了，要在花莲待着，等台风过了才能走了，沿路会有很多状况发生。在狂风暴雨中待在酒店，真是件不敢说爽的事。

好在与景琳平时少有见面，在一起也是机会难得，就天南海北地聊。聊很久，就是不想睡，心里老是惦记着圣帕台风，就是想看看它来时是什么样子。聊一会儿我就跑到窗前去瞅一会儿，看台风来没有。玻璃门窗都被胶纸封着，我们出不去，只能透过玻璃看到风把雨吹得斜斜地，一浪一浪的，更远处也看得见海浪飞得很高，但来的还不是圣帕。

我也担心，贴上了胶布的门和窗是不是就牢靠。不过，内心还真是希望能吹坏几扇门窗，我们好寻找一些内心七上八下的感受。

都一点钟了，外面的风雨还是那样单调，等待圣帕的心也平静了下来，我在怀疑是不是人们夸大了台风的强力了。

也许圣帕不来了？？睡吧！！

追赶台风

第二天，也就是八月十八日。酒店外面风仍然很大，雨仍然很大。但导游说台风主力已经过了,"台风过后必是暴雨,暴雨过后必是山体滑坡、公路陷塌,所以我们要趁暴雨还没来时,赶快离开花莲,追着台风走。否则,我们就真的要困在这里不能离开了。"鉴于资深导游的意见,我们决定在十二点离开酒店,无论如何要在暴雨来之前赶到高雄市。

中午时分,雨渐小了,这时候的我们还可以在暴雨来之前从容地离开花莲。

花莲被称为是台湾的后花园,因为台风年年都有可能在这里登陆,所有的建筑物都不高,这里没有过度的开发,自然生态很好,是很多台湾人理想的居住地。这里的著名土特产是麻薯,可以说闻名世界,我以前吃过,还参观过麻薯博物馆,这次来,必然要带一些回家了。

台风过后,让我大失所望,没有想象的那么严重嘛。在离开花莲时,昨晚我们路过的一个十字路口一红绿灯杆被吹倒在了街上,没有断电,红灯还在闪烁,仿佛在告诉人们不要靠近,"小心有电"。

沿途也没有看到想象中的树被连根拔起,也没有看到哪条路被阻断了。但一路雨兮兮的,也没有好多风景给我们看。路上的车不多,我们的车很孤独。熬到了晚上九时,我们终于赶到了高雄,到高雄大家并不急着到酒店,我们要求司机像台风一样的速度,开到诚品书店去,在书店打烊时我们要看看诚品带给我们的归属感。

诚品书店是"家门"吴清友创办的,我是打心眼里喜欢这店,诚品书店跟文轩连锁有些像,其门店遍及全岛,作为台湾地标的那家店在台北敦南路,每次在台北我们都爱泡在里面不出来。可惜这次进高雄的诚品店匆忙,没有换台币,手上的钱只能买两本书在住酒店时解馋。

到了酒店,打开电视,所有新闻都在播放台风过后的台湾。看得我心里吃紧,这次台风虽然登陆时有所减弱,风过后却给农业带来了极大灾害,让无数果农颗粒无收。其实圣帕台风比我想象的大多了。想到我希望台风来得更猛些的想法,真是无地自容。

虽然到了高雄,但我们还没有真正地就安枕无忧,现在是在台湾的南部,一定要到了西海岸后,才能真正地感受不到台风的危险,所以导游说明天还是要赶路,向阿里山进发,到了日月潭后,我们的行程才会风平浪静。

二〇〇七年十一月二十日

玄奘千秋苦旅

八月份去台湾，正好赶上圣帕台风登陆，我们开始了与台风竞赛奔波，把一周的路途居然用三天赶完。开始是要在圣帕到花莲前赶到花莲，后又要在圣帕离开花莲后紧追圣帕，因为台风过后必是暴雨。一路上真是惊险，不时地听说，我们刚过不久的山路就断掉了，到了日月潭边时，我们才算真正的觉得了平安。

台湾之旅，一路狂奔，一天到晚在车上，不是在颠簸中睡觉就是在颠簸中看碟片。我们的台湾之旅，真真切切是一次苦旅。

在细雨蒙蒙中游日月潭，自是一番韵味，我们撑着伞到玄光寺，大家都忙着在刻有"日月潭"和"玄光寺"的石碑旁留影时，我与刘景琳走到玄光寺的右面。刘景琳发现介绍上说这里是供奉玄奘灵骨的地方，一下子兴奋起来，他说他朋友钱文忠正在《百家讲坛》讲《玄奘西游记》，没想玄奘的灵骨供在这里。经景琳兄的介绍，我也与钱文忠教授有一次握手之缘，电视上我刚好看到他讲玄奘西游的开头与结尾两讲，也算是有始有终。

玄光寺始建于一九五五年，成于一九五八年，想来是专为供奉玄奘灵骨而建的。

介绍上说"中日战争期间，日人在南京取走玄奘法师灵骨，供奉在日本埼玉县慈恩寺，一九五二年迎灵骨来台，待一九五八年玄光寺建成后，玄奘法师的灵骨始供于日月潭畔之玄光寺"。这个介绍真是说得不明不白，是甲午中日战争，还是最让我们痛心的八年中日战争？在南京什么地方取走的也不交代，真是水垮垮的。

玄光寺建在日潭与月潭的陆地交界处，临潭背山，离潭只十余米，据说是绝佳的风水宝地。玄光寺不是我们常看到的那样的庙宇，外观倒像一个会堂，寺不大，也没我们常见的香火萦绕，来日月潭游览的人与石碑照相的人比进寺的人多，寺前热闹寺内清静。

寺小，却干净，内供玄奘金身，上悬"民族宗师"匾额。寺后面的空地上竖一碑，上有朱红大字书"千秋苦旅"。这千秋苦旅真是绝妙的形容，是对玄奘一生最好的总结。

无论是小说《西游记》中的唐僧西天取经，还是钱文忠《百家讲坛》上讲的《玄奘西游记》中的玄奘，其经历无疑都是一场苦旅。玄奘往印度取经，得经书六百五十余部，与弟子译经七十五部，得一千三百三十五卷，对佛教在中国的发展贡献卓著。

钱文忠教授说玄奘圆寂后"玄奘的灵柩运回京城，安置在慈恩寺翻经堂……四月十四日，按照玄奘临终心愿，将他葬于……白鹿原"，"唐高宗总章二年（公元六六九年），迁葬到樊川北原（今西安附近），并在当地营造塔宇寺庙。唐中宗神龙元年彩缤纷（公元七〇五年），又下令在两京，也就是长安和洛阳各建造一座佛光寺，追谥玄奘为'大遍觉法师'"。

钱教授讲到这里就完成了他的《玄奘西游记》，没有再去考据过玄奘身后的苦旅了。玄奘法师的灵骨是怎么又到了南京的，还到过其他地方没有？我不知道也不会去考证，但我现在知道玄奘法师身后东游了，他的灵骨去了日本，还好，住的地方也叫慈恩寺，现在到了玄光寺，将来还会不会到其他地方去？难说。

据说台湾玄光寺只供奉了玄奘法师的部分灵骨，日本还有一部分，如真是这样的结局，那就让人有些难受了，玄奘这次东游不仅难回故里，还落得身首异处的结果，玄奘之旅真是不尽的"千秋苦旅"啊。

二〇〇七年十一月二十三日

高迪的教堂

二〇〇二年以前,我对高迪可以说一无所知,这年的六月二十日一大早来到巴塞罗那时,我们一下子撞进了高迪的怀抱。

一夜的火车,我们到达巴塞罗那时,整座城市还十分清静,吃早餐的饭店还没有开门。可能是为了节约时间,吃饭的地方导游就把我们安排在正在修建的圣家族教堂附近。这时我才感觉到了高迪,是那样的近与亲切。

给我的感觉这座城市无处没有高迪的影子,到处都是高迪的照片与宣传画。原来这年是西班牙的高迪年,不仅是在巴塞罗那,其他的城市也一样,到处都在出售有关高迪的书与画册。

事隔这么多年了,对高迪的认知当然丰富很多,买了不少关于他的书,对他的一点一滴我都细心关注。

我在这里不想介绍高迪,也不想介绍他的作品,只要你在网上搜索一下,什么信息都尽收眼底,无须我多言。我在这里只告诉你一些大多数文章里都没有提到的东西,虽然少,但我很喜欢。

圣家族教堂一百七十米高，到今天仍没有建成，有人说还需要五十年才能建成，也有人说只需三十年就能完成，其实多少年能竣工都不重要，西方有名的教堂从来就没有在短期内建成过。

为什么圣家族教堂只建成一百七十米的高度，这是设计者高迪牛的地方。

巴塞罗那最高的山是海拔二百米，地平面海拔三十米，高迪说："我不能创造比上帝创造更高的，但可以创造跟它一样高的。"于是他把圣家族教堂的高度定在了一百七十米，即地平面的海拔高度加教堂的高度等于巴塞罗那最高的山的高度。

教堂从建设开始就有很多的争议，有关高迪有关教堂有太多的故事，圣家族教堂的外形就与众不同，大画家达利说：这座教堂就像一组牙齿，被腐蚀的牙齿，充满了各种的可能性。

高迪的建筑大多在巴塞罗那，可惜的是，我们走马观花，像一阵风。除了古埃尔公园稍有体味外，有名的米拉公寓我们只能在车窗内与之匆匆一瞥，没能去亲触那屋顶鬼魅的烟囱，多少有些遗憾。

真羡慕翟永明，她跟我说她在西班牙的旅游都是以月计算，几乎看遍了高迪所有的建筑。

二〇〇七年十二月四日

春风有形在流水

去了几天北京。北京的天很蓝,蓝里没有一丝丝的云,就像发呆的脑子,一片空白。

想象不出在没有云彩的天空下,北京待着的人还有什么幻想。

在印象西湖吃饭,认识了不少人,过后不久全都记不得他们的名字了。反而在去洗手间的路上,见墙上一对联,上联:春风有形在流水;下联:古贤寄迹于斯文。顿觉意美,遂记在手机上,自己发给自己。

问景琳是哪位古人题的,他也不知道。

二〇〇七年十二月二日

从板桥到富顺

十七日，送岳父去富顺，呵呵，避震。

原先我们惯走的是从自贡到富顺的那条路，因重修，已两年多没有通了，我们只能从板桥方向去，只是远了些。

板桥是富顺的一个区，从这里去富顺县城，路比较崎岖，公路原本是不错的大件路，现被超载的卡车压得面目全非。我们时快时慢，领略一下久违的乡村小道，心情还是比较愉快的，特别是离震灾区越来越远，岳父的心情也是渐入佳境，近乡之喜无以言表。板桥镇是什么样都没有看到就过了。

途中还要经过永年镇，岳父说镇在路的右边，我们不会从镇上通过。我不知道永年是个什么地方，岳父见我一脸茫茫然，说谭维维就是从这个镇出来的。如果说一个历史名人，我还真不知道，说到谭维维这个美女，我还真晓得。女儿看"超女"时最喜欢最支持的就是谭美女，就连我们的画家叔叔、西南民院的教授曾高潮，一提到谭维维都很激动，说他曾教过谭维维，还拿出以前班上的合影来，证明其真实性。

岳母说，寄波一个表弟的爱人是谭维维的亲戚，说是哪一辈的是亲姐妹。当然，他们还说了些谭维维的一些其他逸闻，我没有经过证实，就不在这里说了。路过永年镇，真想去镇上看看，仿佛我也跟谭美女很亲切了一样。当然时间不允许，我们跟永年也只是一晃而过，连个照面都没打。

从永年镇再往前走，就是邓关镇。邓关镇在釜溪河边，进邓关镇前是一条长长的下坡路，岳父说他以前就是在这里拉架子车，我说上这么长的坡怎么拉得上来啊，他说上坡时有牛，下坡时是人力。到了釜溪河边，他说他曾在河里落过水，那时的河水清洁，水流也急得多。现在的河基本看不到流动的迹象，像一个死潭，上面漂满了绿藻。

宋渡桥是一座老桥，有多老不晓得，其实应叫旧桥，一过宋渡桥就快进入富顺县城了。也因这个得天独厚的地理位置，邓关镇以前是一座繁忙的小镇。想来现在的邓关镇也应比其他的镇要热闹一些，四川理工大学的一个校区就在那里，学生们双双对对地在不大的街道过往，在我们的眼里都没有脱掉稚气。汶川的地震离他们是那么的遥远，真替他们感到高兴啊。

我一直都想听岳父从前的故事，曾动员过他写些回忆性的文字，我认为他的人生对我们来说是一笔财富。我想了解他是怎样从一个大家族的公子，在新中国几乎成为一个贱民的。小学都没有让他毕业，天赋仍然成就了他诗人的才华。这位鲁迅

近墨者墨

文学奖的获得者在经历那么多的磨难后,也没有把他身上的贵族气磨掉,他那骨子里的贵族气,直逼后人,让我的寄波也跟他不脱壳壳。

他的诗有好多朋友都可以背给我听,让我十分惭愧,我是一首都背不了。然而他却并不愿去写这本书,一路从他经历过的地方走过,不得不让我猜想他以前的生活,如果让我把猜想写出来,要歪曲一些历史,那是理所当然。

岳父怕我下午找不到回去的路,一路叮嘱什么地方回去时是往左,什么地方是往右。我心里却在想等我一个人回走这条路时,把他生活过的地方拍下来,如宋渡河,它见证了岳父的苦难,现在它也正经历污染对它的折磨。

可惜,回走时夜幕降临,前面是茫茫的夜,妻儿还在余震的晃荡中眼巴巴盼我回去壮胆。

二〇〇八年五月二十五日

去西来镇玩了一天

我对古镇一类的旅游地一向是没有什么兴趣的，在我的认识里，古镇就是有些年辰的集镇而已，无论它现在的建筑多新，楼台修得多高多时尚，都是古镇。不像有的人，只认为所谓的"原生态"才叫古，房屋要有足够的旧才是古，一旦重修整了就以为是破坏，就叹息不止。

谁愿意住在破破烂烂的房子里过一辈子甚至几辈子啊，古镇要生存就得变，就得有适合居住的新房屋；如果几百年不变，那只能成为废墟。

是不是原汁原味的古镇，要看它传承下来的东西变了多少。

西来古镇前一次去的时候，那里正在搞什么开发，想把岌岌可危的街坊支撑起来，然后把新鲜的木板门做旧，为的是吸引外界的游人。那里的小街上到处可以看到晒席上晒着玉米或谷物，一路看下去，并没有哪朝哪代的招牌或旗子在风中招摇，也没有留下来什么小店可以让我们这三两哥们儿一进门就高呼"小二，来五斤白酒，十斤牛肉"什么的。

西来古镇最古的是镇场口的那座惜字库（文峰塔）了，说是清代的，还有就要数溪水边的十二棵大榕树，树确实大，数人不能合围，有人说有上千了的岁数了，我看没有，大榕树生长是何等的快啊，一二百年顶天了。

这次突然心血来潮，是想约陈维等一帮哥们儿去休歇一下。听说那里的羊肉汤很有特色，而且狗肉也不错。

街道十分清冷，如果不是赶场天和节假日，就总是这样地清冷，悠然的是那些老人们，喝着茶打着长牌。只有三两家小店开着门，门口立着锅灶，无非是豆花和血旺。喻磊说要是赶上集日就好了，集市上什么都可以看见，那才叫有意思。我不太喜欢嘈杂，喜欢安静，今天正是个好日子。

静，当然最好是在溪水边榕树下喝茶了。我们一共六人，都是难得一聚的哥子，叙旧才是真正的目的。

中午是在正街上一家看起来干净一点的饭馆里吃的，本来是说去吃胡狗肉的，喻磊说他不吃狗肉，因为他女儿属狗。还好在这镇上，几乎家家馆子都有狗肉卖，我们得以品尝。豆花很一般，没有哪里的豆花能与富顺的比，所以我们并不去强求它怎么有特色。猪血旺用来拌起吃的，我是第一次吃，感觉还不错。黄迅是个美食家，跟掌勺的多有交代，在古镇居然也领略到了黄师傅美食心得，这倒是出乎我意料的收获。

我是滴酒没沾，借口是开车和高血压。大家喝了两斤泡酒，喝得甚欢。喻磊每次聚都没怎么喝过,我一直以为他是不喝酒的,没想到他一高兴,一下子喝了快一斤,陪他喝的是我们的设计师周明。结果是周大师屁事没有,喻老师却有说不完的话。他还不停地说,不好意思哈我喝多了就是爱说话。

我们在榕树下坐了一下午,也听了喻老师说了一下午,我们每个都含笑着面对他,听他说吃葡萄不吐葡萄皮和扁担比板凳长,板凳比扁担宽。听他的真心话,就像是在背一篇篇古文,翻来覆去地读,怎么会不铭记在心呢。

西来古镇,有机会还去,狗肉全席和羊肉汤还没有吃上呢。

十一月一日，洛带

这天的中午刚过，太阳十分明亮，天空蓝得让人惊叹。从办公室的窗口望出去，心生了不得辜负了太阳的念头。

程老鬼说成都这样的天很少见，去拍洛带的黄昏肯定很提劲。我想也是，好歹我是一个摄郎，就说那我们就去吧，好在我们上班是朝九晚五，五点后去洛带是黄昏的大好时机。"老茶客"王跃听说我们要去洛带，就答应一并去了。我们都想到了肖钉，他在洛带长大，也写过洛带的书，如果他能同去当当导游真就是很圆满了，可惜他是共产党的干部，要开会去不成，从口气中感觉他也很遗憾。

洛带是成都周边的著名古镇，是客家人聚居的地方，镇子上有几个会馆，像江西会馆、湖广会馆什么的，是平时成都人休闲的好去处。去年的世界客家恳亲会在这里开，古镇修葺一新，现在的人流量嘿大。

这个凼我去过了好几次，没有修整前是个乱糟糟的地方，我并不喜欢它。修好了却没去完整看过一次，最让我想念的不是古镇有多美,是好吃的油淋鹅,这是那里的特产,其他地方没得。

洛带的历史与文化,我虽是成都人,对它了解也不多,曾经出过肖钉的一本书:《中国西部客家第一镇:洛带》,有兴趣的朋友可以找来一读,真是本介绍洛带的好书。肖钉生活在那里多年,十分熟悉那里,文字里充满了对洛带的感情。

王跃说他多少年前就去过了洛带,话语中似乎比肖钉还熟悉,他说他还去过肖的家,就在什么什么地方。王跃是个十分可爱的人,我们大家都喜欢他,二号是他的作品讨论会,他居然也不准备一下,不知是洛带的魅力,还是我们的魅力。后来证明是我们的魅力,有了我们才有了他过斗地主的瘾。

黄昏的洛带,游人已不多,正是我们拍照的好时机,我们得趁太阳下山前,扭住蓝天不放。

拍了照自然是去吃这里的特色了,供销社饭店是这里最有名的,我们每次去都是吃的这里,这次也不例外,最有名的一道菜是油淋鹅。可惜的是,这道菜居然没有走出过洛带,要吃还只能到洛带去。我曾动过把油淋鹅推广出去的念头,也有人附和,却没有人真的有动静。当油淋鹅端上来的时候,我曾问过是怎么做的,没有人肯回答,都说不晓得,只有师傅会做。

其实这鹅在洛带会做的人很多,我们走过古镇的老街,卖鹅的摊很多,闻起来都是那么的香。

今天端来的，名字叫鹅，服务员却告诉我们是鸭子。晚上在这里吃饭的人不多，服务员就有些闲了，看来她们并不满意她们的工作，她们说四五百元一个月，老板太不会做人了。我问师傅为什么要用鸭来代鹅呢？师傅说现在的鹅肉很粗，不好吃，就用鸭来代了。一直要代到明年的三月左右，每年的三到八月的鹅吃起来才好吃。我很能理解，只要好吃，管它是鹅还是鸭喔。

在古街上还有一家餐馆不错，叫新民饭店，吃过一次，不比供销社的差，只是没有供销社的名气大，今天吃的，给我的感觉是，还不如新民饭店的好，从服务员的怨言中可以看到供销社的品位在下降。下次去，我们就去吃新民了。

我曾听到有人不赞成把古镇修葺一新，认为那就不是古镇了，说什么地方就如何如何的，仿佛只有破烂才成朴素才成其为古。其实古并不一定要其破与烂，如果它的历史有足够的长，再新的建筑它也是古镇，如果一个人游古镇不能通过"新"去理解和认知它的历史与民俗，而只在意旧的形态，多半是个假打。

你看看镇上居民们的表情是那样的欢愉，你就知道他们对"新"接受，你看看他们的摊上还卖的是几百年不变的小吃，你能说他们的传统没有了吗。

二〇〇六年十一月五日

在青岛，做一个幸福的人

青岛是个美丽的城市，现在正是春天。

好多树正吐着新芽，木樱花开得最艳，连枝干上都是花朵。海棠花繁盛，海风拂过，粉瓣翻飞在空中，有如美女拂肩而过，青春的味道让人鼻子痒痒。

太阳暖暖的，海风中仍有初春的凉意，在海边观景，大家都能感慨"面朝大海，春暖花开"，说"从明天起，做一个幸福的人"。

去了崂山，去了海上，去了……青岛是让我喜欢的城市。

彬哥彬嫂从台湾来，刚到汇泉王朝大饭店，就来电话说晚上见一面，此时我与诗人杨政、朱鹰正在延安三路上感受春风中的灯红闪烁。

与彬哥彬嫂在他们的酒店的酒吧，品加冰的威士忌，谈论着与青岛背景相似的汇泉——最早汇泉是个小渔村，就跟好多海滨城市的发展一样，有一个共同的起源历史。今夜谈得最多的是我们的孩子们，这是我的希望，我希望她能在这样美丽的城市里成长。十二点钟酒吧就要打烊了，我们就在此时分手，明天他们走今天我走过的路，去崂山，崂山道士的传说深刻在每个人的记忆里。

深夜的青岛城，犹如在烛光中的照片，柔美得可以。街上车很少，行人几乎没有，车开得很快，这正是我在成都想要的速度。风在出租车的速度里吹着口哨，海棠花露着白天的脸，没有阳光，依然灿烂。

"面朝大海，春暖花开"，记得白天里我问朱鹰，你背得诗的全部吗？他说："一首诗记得两句就够了。"

二〇〇九年四月二十九日

我们的品味

在海港城旁的商务印书馆里看书,我忘了时间。王益来电话了,我才知道该吃午饭了。

与他同行的女士们对商场的热爱大大大于对美食的热爱,她们只有在离开了香港的时候才知道会饿。

王益说:"我们两人去吃一次正餐吧,其他地方也不去了,就在海港城的三楼上吃海鲜。"他知道我怕贵,就说"我请你"。跟他在一起总是他请吃,早就让我很不好意思了,但一想到有好吃的,我又忍不住就快快去结了书款,跟着他屁颠屁颠地去了。

当我们到达三楼的海鲜酒楼时,里面已经有好多的人了,个个穿得周吴郑王的。服务生西装革履的,回一句话一个鞠躬,真是一家高档次的餐馆。

在座位上,他拿着菜单笑扯扯地说:"我们两个好哥们儿,我请你,你不准回请哈。要记到一辈子哈,一辈子不准还,让你娃欠我一辈子的情。"

你看看,他就是那么真实的一个生意人,赚钱赚够了,还要来赚我的人情,这样的企业家不成功都不行。不过这样的人情我总是喜欢让他赚的,如果其他有钱人也来这样赚我的人情,我也是很乐意的。

王益是个美食家,知道我不会点菜,也谅实我点不来高档的菜,就自己跟服务生说,来一条红斑鱼,再来一份烤猪肉与烤鹅拼盘,一份清炒生菜,还要来一份猪骨例汤。有菜没酒肯定是不行,"虽只有两人,也得来点啤酒,就喜力吧。"他说。来这样的地方,即便我们的酒量很大也不能敞开肚子喝,不然就显得我们太没有品位了,就两瓶吧。

拼盘最先上来,比酒都还先上,我们先品着乌龙茶吃烤肉。一入口,真是不摆了,想,猪肉也能弄出这么好的味来?猪骨汤上来了,品一匙。"噫——"有一股浓浓的胡椒味,在我好字还没出口之前,王益就先说了,真是好啊,我就是特别喜欢胡椒的味道,生怕我不喜欢胡椒味,说出来败了他的兴。他没想到我也对这味道赞叹有加啊。

清蒸的红斑鱼上来了,样子不甚好看。以前俺没吃过,说不出味道是不是正宗,但好吃是肯定的。老王很斯文,几杯下肚,就喊吃不下了。我是真怕浪费啊,就把余下的吃得干干净净的。

突然想起找美食与美味的区别来了,我想享受美食与享受美味应是有区别的,美食里包含了美味,美味的东西却未必是美食。美味有强烈的个人偏好,如我等川人,除了认川菜的味美外，其他的菜在口里，其味都会在品尝者的心里打折扣，不是其他菜系无美味，是我们的味蕾太顽固啊。

吃得差不多了，我们环顾周围，成双成对的也不少，在好多人看来，这就是浪漫啊。

我想这天中午，王益若是红颜，乳沟若现在我眼前，那还不就更遭人羡更遭人妒了！

这餐的价位很吉利，八百八十六元港币。

品了味后，我们想到也要有品位，王益同志带着他那用不完的钱包，一下子买了若干雅各思丹、白孚、1881等顶尖名牌服装。恺撒这牌子也是他喜欢的，可惜总是没有他要的号，我等他选衣服，把腰都等痛了。我是不敢穿得那么周正了，看着他穿在身上的样子，我也十分地自在。

原来品位也要有钱才能完全啊。

二〇〇六年七月六日

鸟笼的故事

在台北敦南路，诚品书店的对面，街中心的绿化带中，一个巨大的红色鸟笼。

第一眼看到它时，觉得很好玩，在喧哗的大街上做这样一个标志，很有创意。

笼中生机勃勃的小树，真能唤来小鸟的栖息吗？

我们就住在附近的忠孝路上，每天都会去诚品书店看书。我期待能看到小鸟的跳动听到它们的啾鸣，鸟笼的旁边是参天的大树，大树下的街上是川流不息的车辆。

要离开台北的那天上午，我没有进诚品书店，一个人静静地观察着鸟笼。上午的台北相对还是安静些，尽管车流如时光一般一点也不流连这里，我却透过它真的看到了一只只小鸟在树的枝叶间跳跃，鸟鸣敌不过汽车的马达噪声，一声声如音符融入市声，也算美妙，毕竟好久没有认真地听到过鸟的语言了。

自第一次见到这鸟笼，我就想到一个故事，说故事的人说：

我曾经跟一个朋友打赌,如果我给他一只鸟笼,并挂在他的家里,那么他一定会买一只鸟。

我的朋友同意打赌,于是我就买了一只非常漂亮的鸟笼给他,朋友把鸟笼挂在居室的桌子边。

结果可想而知,当人们走进他家时,总是问他:"你的鸟什么时候死了?"

我的朋友解释说:"我从来就没有过一只鸟。"

"那么,你要一只鸟笼做什么呢?"

我的朋友后来说,去买一只鸟比解释为什么有一只鸟笼要简单得多。

人们经常是首先在他们的脑子里挂上鸟笼,最后就不得不在鸟笼里装上些什么东西。

这个故事跟台北的鸟笼一点关系没有,我的回忆在旅行,联想到了而已。

二〇〇六年十二月二十二日

近墨者墨

曾跟龚明德先生做过一段时间的邻居,那时我的求知欲望还有些强,爱好看书,龚先生就是喜欢爱读书的人,他主张一个人什么书都读最好,天下就没有坏书一说。然而他自己读书却选择性极强,喜欢中国现代文学,因而搜集研读这方面的书最多,我想在成都无出其右者。

他自己爱读爱写些所谓"书话"的文章,也就鼓励我也在这方面试试,后来我也就真的很喜欢这些东西,见到这方面的书就买,也就很喜闻这方面的油墨香。

好多年了,我不曾写过这方面的文字了,也少有读这方面的书了。然而,每次去购书中心,在偌大的书店里,却不自觉间买了一堆说书的书。这是回家后翻阅时才发现的,有唐德刚的《书缘与人缘》,有范用的《泥土脚印(续编)》,还有卢岚的《文街墨巷》,卢岚的书我是在好多年前就读过她的《巴黎读书记》,现在又想读她的书了。

更值得一提的是我买了本山东画报版的许定铭的《醉书随

笔》，龚明德先生在多年前赠过我一本许定铭的《书人书事》，是香港作家协会一九九八年出的，早读过了，也早忘记了。这次买了自己也暗叹受龚老的影响之深。《醉书随笔》做得很好，比香港的还好，书卷气向我袭来，不中毒都不行。

说到读书，在我的朋友中又不得不提到冉云飞，让我最没有劲的是，我即便穷尽一生向他靠拢，也未必就能达到他现在的水平。那天跟愚人先生一起说到天涯的"闲闲书话"，那股子劲，让我不得不对读书人起敬。心里想如果"闲闲书话"出书的话，一定买来读读。

上海人民出版社真的出了"闲闲书话"的精选本三本——《闲读中西》《闲谈书事》《书人闲话》，我在"三重奏"书吧看到后，果然十分有味。所以逛购书中心就真的不由自主地买了一套。

常跟什么人在一起，受什么人的影响，沾什么人的灵气，时间久了，进了骨子，无意识间就带有这些人的气息。好在龚先生、冉土匪都是仙风侠气文骨，我自是受益无限啊。

说到益，想到了王益，因讳董事长姓，让大家都叫益总。"益肿"（川人谐称胖为肿）何许人也？高人也。说文的，他是搞出版的，出的书不下几百种，"毒害"了很多人；他还能画画，国画油画都来。说武的，他曾去缅甸扛过枪与人拼命。最让我佩服的是，他懂管理做生意，私人赚的钱有几千万，他家的公司有一千多平米，我逛了好久才逛完。住的是"别野"，收了很多古董挂了很多字画，也没看出半点附庸风雅的态来。

与"益肿"（他要我叫他"益哥"，我不想叫，他比我还小半岁）共处一室已有大半年了，我也想沾点他身上的气。说文他当然不及龚老与冉老，我不想沾他的文气。说武他扛枪的时间没有我的长，我当了武警三年，扛枪都扛厌了。

我也不绕弯子了，说白了他是有财之人，我想沾他的财气。共处一室难免耳濡目染，他娃儿想让我不沾点都难。

近墨者我不好说黑，因墨有多种的墨法，那就近墨者墨吧。与王益在一起我想总该是近财者财，或是近财者钱吧。

拿钱来干什么？？当然是……是……是……买书看了。

"益肿"，不不不，益哥，我是想受"益"匪浅啊！！

二〇〇六年三月一日

凌文有大爱

不好说这个女人。她是寄波就业培训班的同学,也就是说她与我们有二十多年的友谊了。她给我们的记忆里留下了很多可供与朋友们做谈资的话题。在很多人的眼里她耿直、率性,酒量惊人又血气方刚,不管是在男人眼里还是女人眼里,没几个会把她当女人看;不过这不影响朋友们对她的好印象,就算背地里说她这样那样,最终还是跟她耍得很开心。

跟她一起耍得开心,对我而言那是很久前的记忆了。二十多年了,我总不可能一直跟寄波的女朋友们上上下下吧,所以至今留下记忆最多的,都是些喝酒唱歌的往事。不是没有其他的事,是因为我不想把其他的事与她联想到一起,怕一联想就毁她的好印象。

她是一个什么事都愿做都敢去做的人,而且自认识她来就知道她是有理想,并为着理想去奋斗的人。

她曾试图与我同做一些事情,爱把很多事说得钉钉然的,要你非做不可,但最终总是有头没尾的,当八字该写另外一撇的时候，她的兴趣已在你八竿子打不到的地方去了。

她记忆很好，她忘性很大。二十多年了，她好像从来没有忘记过寄波的生日，或早或晚都会得到她的祝福；说起承诺来，嘿嘿，她总有理由把它忘到九霄云外。

什么时候变得我不想提她了，我是记不得了，在我这里，她有太多不值得我信任的理由；她说老吴我们好久喝酒，我会当是听陌生人在跟一个与己无关的人说话，我哪怕与别人都喝醉过十回了，也未必能与她对饮得上一次；她如果说我下午给你送生日蛋糕来，你大可放心地去跟朋友们聚会吃自己买的生日蛋糕，她也许早忘了这件事。一周以后问她时，她会跟你说那天她跟藏族朋友喝得酩酊大醉了；她如果说你在楼下等我一会儿，你尽管可以到任何地方去办你的事，完事后再到楼下，说不定她刚好才下楼来。她仿佛是天上的神仙，时间对她来说只是一瞬间的，对人间的我们来说已是很久很久了，你随时会觉得她心里没你。

这样的女人会有爱和情感吗？我们的女儿都十多岁了，她还时常让我们牵挂，特别是在一些有温情的节日里，她的生活总让人揪心。她领养了两个男孩，她对他们的关爱让我们动容；她手臂上的处处伤痕，都是对一段段情感的刻骨铭心。

她抽烟她喝酒，嗓子变了，发出的笑声暴蔫子似的，在我的眼里她是个快乐的人，她的忧郁她的郁闷她的痛心不为吴哥所知。

近墨者墨

有时她的举止又让我哭笑不得,我母亲去世的时候,她的到来吓了我一大跳。红花衣服绿裤子,头发焦黄,蓬直得像是刚触了电。如果她挎一把吉他,一定比唱摇滚的更为纯粹;但那时我以为她是寄波请来的女巫,要为母亲唱大戏超度母亲的亡灵。

而她却无所谓,生活在她那里是想怎么样就怎么样才合适。

她,这样一个女人,这几天突然变得让我陌生了。"五一二"后,她没有跟谁说过她要当志愿者,十三日就一个人驾车去了什邡,送水送干粮,回来后跟寄波说什邡很惨,希望寄波跟她再去什邡,寄波也是跃跃欲试,于是去献血,于是写诗《信念之光》支持她的倡议。

她去了灾区的很多地方,我只记得茶坪这个名字。据说有的地方不能通车也不让进去,但她总是找得到理由与方法,徒步向山里去。她买了很多的药品亲自送到受灾的人手上,陪着大家流泪。她说这样她才最心安。

全国哀悼日那天,我和寄波在电视上看到她站在天府广场,在哀悼队伍的最前面。她穿着黑色的西装,戴着墨镜,胸前戴着白花,身边是她的两个养子。她庄重她得体,她肃穆她端正,是我认识她以来最美丽的一次。

她去灾区的次数,比温家宝总理少不了多少,她对灾区的关爱有总理般的情深,她只在没有镜头的地方泪流满面。

二〇〇八年五月三十一日

"恐怖分子"余以键

都快下班的时候,余以键到公司来买他的书《死者的眼睛》《谁在等你》,这些书名看起来都有些可怕吧,确实,这些都是恐怖小说,我认识他就是从出版他的恐怖小说开始的。

余以键进入我的视野是近两年的事,早很多年就知道他,却并没有与他相识相交的机缘。没认识他之前,我知道他是个诗人,在干报纸编辑的勾当;后来做了跟出版相关的生意,曾经经营得很成功。认识他之后,知道了他很多的事,不是道听途说,都是他告诉我的,没有他的同意,今天我就不说了,下次有机会的。反正你要相信他的经历很丰富就是了,不然的话,他没有那个脑子想出那么多花样来制造这样那样的事件,而且件件恐怖。

从二〇〇〇年开始,诗人靳晓静就跟我说过他在制造恐怖事件,当时我在一家文艺出版社当小编辑,没有把这些事件当一回事。心想恐怖就恐怖吧,恐怕也吓不了我,后来,他完成对一医院的一桩恐怖事件,让很多人害怕,他送了我一本这恐怖事件的策划报告——《死者的眼睛》，还签上了他的大名，大有行不改名坐不改姓的气概。

再后来，可能是受了本·拉登的影响，发生在中国的恐怖事件是层出不穷，中国出现了恐怖热，好多的恐怖分子被媒体追捧,恐怖分子成了明星。余以键被称为"中国恐怖小说第一人"，到处受到出版者、媒体、电影电视改编者的追杀。

他东拼西杀时想到了我，他说想一起，在出版界把恐怖事件做得轰轰烈烈的，他说他相信我。我与一些同人分析了这个世界的大趋势，想，做一些重磅的恐怖事件是有可能的，而且正是天时地利的时候。于是一下子跟他签了生死状，再做一次医院恐怖事件，把以前不完善的加以修正，让事件更合理，让影响更深远。另制两起新的事件，一件是发生在古镇，不仅是事情恐怖，也要表现出人性的恐怖来那才是真恐怖；还有就是以电子邮件制造出来的恐怖事件，以现代手段制造各种事端，是目前恐怖分子惯用的手法，但余以键认为死几个人并不可怕，人性的泯灭才最为可怕，所以当你发现你的电脑提醒你：你有一封未读邮件……这时你可要警醒一下你的良心。

当我们做好了各种自认为周密的安排后发动了恐怖行为，万没想到的是我们都忘记了人和。我们的一些执行者并不按规则出牌，恐怖事件并未取得预想的效果，反而让我心里十分不安，觉得对不起党对不起人民，给"第一人"的脸上抹了黑。

前不久他又躲藏到一个不被人知的乡下写另一个恐怖事件的案子去了,他在驻防地给了我一个电话,他把这个事件取名为《纸上的姐妹》那时我正在病中经历生与死的历练,想我是真无颜对他了。

今天他跟我交流他以后的创作时,我发现他顿悟了一般,其想法与我的惊人相似,那就是他要关注更大的问题了,他要直插每个人的心,那可是《达·芬奇密码》样的重量。我不敢说我会参与其中,但我会义务为他当好后勤部长的。

他走进我办公室的门时,跟两年前进来时没有区别,脸上是一股阴沉沉的严肃劲,酒瓶底的眼镜后面露出的光,你一时半会儿难以分辨是凶是柔,只有到了我的桌前,看我桌上的东西时你才会发现,他哪里是在看,简直是在闻啊。

二〇〇六年六月三十日

与"恐怖分子"喝酒

余以键打来电话说,我们晚上聚一下哇。我们好久没见了,就答应了。

他的又一部恐怖小说杀青了,他说他要放自己一个月的假,这月专门找朋友喝茶喝酒。

今天他要与我一起喝酒,我说我不敢多喝了,动过手术的人,身体不如从前。

余以键的酒量在没跟他喝之前就知道有点惊人,可以用一整天的时间来喝。听朋友说,有一年国庆节他们在西昌过,他们住在邛海边,从中午开始,一直喝到晚上,喝了多少他自己已记不得了。

我和他两人也曾有过一次长时间的喝酒,大概是前年了,中午他来约我,我们开始喝,先来的白酒,喝完了又来,到后来我们是用啤酒来漱口,也是记不得喝了多少瓶,现在能记得的话是他说的"再来一瓶,最后一瓶"。也不知是最后了多少个一瓶啤酒,当饭店里吃晚餐的人已走得差不多了,我们才相扶着离开饭店。

后来他说,他是怎么回的家他都不记得了,只是怎么也想不明白刚才还在吃饭,现在就在家里了。我记得怎么回去的,当时我没有直接回家,是打的回的公司,在办公室的沙发上躺了很久,在酒醒得差不多的时候自己开车回的家。其实他当时也还是有记忆的,我躺在沙发上时,他还打过电话来问我的情况怎么样。

今天(五日)他说那我们就喝啤酒了,少喝点,我们共同感慨着生命、健康和家人,他说我教你一个少喝酒的方法,那就是喝的时候想着女儿吴亦可,为了她,再怎么样的时候都是说不喝就不喝了。今天我们喝得真的很节制。

喝少了,我们就回忆过去喝酒的记忆,他说他曾写过一组诗发表在《羊城晚报》上,有一首叫《寻酒》,说的是他下乡的时候的事了,那时他有记日记的习惯,每每记得自己感动自己。一天夜里,天下着大雨,记了日记激动的他就突然想喝酒了,到处找酒都没有,不能自已,当时酒是定量供应要凭票才能买到,何况是夜里。

他忍不住,还是借了邻居的斗篷(笠)拿着酒瓶就往代销店去。代销店离他住的地方有三里地,拍了很久的门板,卖酒的大爷才开了一个门板,探出头说:是余老师嗦。余以键当时是乡下的教师,他把酒瓶往大爷面前一送,说:打半斤酒。酒票呢。用完了，下月补。要补喔，记到哈。

当他高一脚低一脚回到家时，却找不到可以下酒的菜，最后终于想起乡亲头天送的腌大头菜还剩半块，也没有洗手，就用指甲一点一点撕来下酒。半斤酒完了，心情才平静下来，美美地睡一觉，十分踏实。那时他十九、二十岁的样子。

他还说有两次喝酒的事值得一记，不知他写在诗里没有。

二〇〇六年六月三十日

盛老写《四川出版史话》

盛寄萍先生是我们四川出版界的老前辈，他是真老，马上就要八十岁了，我很敬仰他。

我到巴蜀书社去，看到他设计的一本关于周原出土青铜器的书，让我大吃一惊，真是太漂亮了，没想到这么大岁数的他还能有如此的审美与毅力，五千多元一套的书我是左看右看都值。段志红社长说盛老很敬业，大热天的还亲自到排版公司去监督，一丝不苟，让大家都很担心他的身体。

我中秋节去他家里看他，他的身体很健康，谈笑风生，让我很欣慰，全没有想象中的老态龙钟样子。在此之前我已是很多年没有去看望他老人家了，以至于我到了他家也不知道他家里人的名字该怎么叫了。

在他的书房里，我看到我们出的书摆放在他的书堆里，他说都是他去买的，他喜欢有关成都文化方面的书，这让我心里很不是滋味，这些书我都是该送给他的啊。当然他并不知道哪些书是我做的，我是不曾在书上署我这样那样的名字。

他曾一人编撰了两卷的《四川出版志》(十六开本)，我去时，他正在家里写《四川出版史话》。他一个人查资料，也没个帮忙的，我问他为什么不找个助手，他说一是不好找，二来还是自己查好些。我认为这本书的写作，放在社科院这类单位是要立项，国家给钱做的事，现在盛老却是自己忙碌贴钱来做，自然困难多多。这些事不说也罢了，好在盛老乐在其中，我希望早见到这本书的出版。

盛老是个全才的老革命，在出版界什么都能做，编辑、设计、印刷无所不通，就连盐道街三号的出版社院子都是他设计的。他设计的乔大壮的诗集，宣纸印刷，精美的形象至今记忆犹新。

他曾经业余编辑《读书人报》，我也得以参与其中编一版，那时我们时常相聚，听他教诲，受益至今。

我说我还记得他六十岁生日的情况，那天他约龚明德老师和我一行五人去他的乡下老家说是去玩。我们都是骑着自行车去的，当时算来还是很远的，当走到时看到他家屋前屋后全是人，那时才知道是他六十岁生日，是大生，一定要热热闹闹的。我说我记得他大儿子做的鱼很好吃，是我有生来吃到的最好吃的鱼。我还说我们去十八步岛上时，在丛生的竹林中，他写的一首咏竹的诗，不是赞叹竹的高风亮节，而是说竹的霸道，在它们的脚下寸草难生。

他微笑着看着我，一言不发，慈祥得像是我的爷爷。

后来盛老跟我说起陈世五,也是著名的设计家,我曾有幸跟陈世五前辈共过一段时间的事,他也曾是我楼下的邻居,可惜离开我们已有好多年了。盛老一直挂念他的遗物,总是担心陈世五文物般的藏书票流失了,他对陈的藏书票设计尤为喜爱,心痛它的不被珍惜,总想整理出版以告老友。

　　他还时时关注着出版界的从业人,他说他也好久没有见到陈维了,我说,哪天我与陈维再去看他,在他的小院子里品他的好茶,他架势说要得要得。

　　他说他八十岁时也要做大生,到时也一起乐乐。我说我一定珍惜这个机会,祝他健康长寿。

二〇〇七年十一月五日

怀念盛寄萍先生

早上接到明德老师夫人的电话,说他们从洛带回家时,看到人民出版社宿舍门口摆着花圈,一看是盛老昨晚十点走了。大家都很吃惊,说他们已经在盛老的灵堂了。

放下电话又立即给陈维电话,告诉他这消息,约好一起去盛老的家。

在大门口看到盛老的夫人含着泪在送客人,见到我们就说,盛老是昨晚十点一分走了,上月十八日说要去换心脏起搏器的电池,结果还没有换成就走了。

盛老在没进医院前还去看望过陈维年迈的父亲,师母还说本来要交一个东西给我,听说我的身体不好,也住了医院,就不愿来打搅我,说是等我身体好些时再给我。

我知道他是要给我他编撰的《四川人民出版社大事纪》的修改稿,这部稿子是多年来用心记录下的,他信任我,说要由我来整理,前面已出了两次校样了,这次可能又修改了不少,我和陈维一直在努力寻求支援,让本书得以出版。

盛老是新中国四川出版的创始人之一，当时从上海随军到成都，参与四川出版社的筹备，所以他对四川出版有深厚的感情，一直细心地保留着四川人民出版社的各时期的资料，他几乎保留有四川人民出版社各时期的出版物。

陈维说他在"文革"时期被定为"坏分子"，因此我们没有任何他在四川出版界担任职务的记忆，他对四川出版的贡献却难以言说。他多才多艺，从选题策划、文案编辑到美术设计，无一不通，我到出版社时他是在设计部门，所以我一直以为他只搞图书的封面和版式设计。后来跟盛老接触多了，才知道他还有很多跟出版无关的成就，他还搞过建筑设计、工程设计，曾经闻名的盐道街三号，有一座小红楼就是他亲自设计的，而且还计算要用多少砖，搞人防时他解决了制砖过程中的很多技术难题。

他影响了很多爱出版的人，能跟盛老交上朋友的，都是对出版有感情有理想的人。他老当益壮，退休后还在为出版社工作，设计了很多漂亮的书籍。关心一切热爱文学创作的朋友们，只要他能帮上的，他都乐此不疲，尽心宣传推广，我也因此认识了不少的新朋友。

我跟随过他和明德老师编过《读书人报》，那时光历历在目，仿佛昨日。他尽心搜集有关出版的文物，与成都有关的出版物，凡是能看到的有关成都文史的报章都加以剪辑，装订成册。有一段时间经由我的手编辑策划了不少有关成都的书籍，他都一一买了。一次我和明德老师去他家,看到他案头摆了不少我编的书,我很惭愧,我有得是样书,应主动送他指教的啊。他安慰我说,他不知道是我编的,知道的话他会向我要的。我很少在我编辑策划的书上署名的,其实我知道就算他知道了也不会向我要的,他在用买的方式来支持我、认同我的工作。

去年他八十岁,他跟我们说也是他从事"党的出版事业六十周年",一直没有间断过的六十年,我们说好的,到时要好好庆祝一下的,而且我和明德老师还在他家商量了几次怎么做。很可惜生日那天我在北京,陈维也在外地没有参加成。但我还是看到了明德老师和一帮故友给盛老庆生的照片,那天明德老师他们是在慧园巴金的塑像前为他庆生的。明天就是盛老八十一岁的生日,之前儿子们还计划说陪他一起去西昌去过,那里比较暖和,只差一天就八十一岁就走了,让儿子们很痛心。

盛老参与编写了《四川出版志》,他有相当丰富的资料,以至于出版社要搞什么政治工程就想到盛老,向他索取,也只有这时才会想起他。盛老打算写一本《四川出版史话》,计划就在一两年内完成,我跟陈维都说让他找位助手,他很无奈,感慨地说没有钱。的确,他没有多少钱,他仅有的退休金只能维持一家人的生活,还要挤出一些钱来买书。

我跟陈维很多次地听他回忆四川出版的历史,都建议他也写一下他的回忆录,他说没有时间,他不仅要写出《四川人民出版社大事纪》，还在编辑《四川人民出版社总书目》，我们认为这些都是该出版社自己去做的，但他说出版社有些资料没有了，不一定做得全。我们说他的回忆录不一定要由他亲自执笔，只需口述就可以了，而且我们可做这样的工作，现在四川还有几位像他一样的出版见证人，我们都想去采访记录一下，不然，四川出版原来是什么样子都没有人晓得了，他很支持我们的想法。我跟盛老说，我送你一本牛汉的回忆录做参考，他很高兴，没想到这么快他就走了，给我留下了终生的遗憾。

盛老的大儿子跟我和陈维说，盛老走时很坚强，他有很多的事没有完成，他不愿就这样离世，一直强忍着病痛，挣扎着要多活一些日子。他跟老伴说，他的《大事纪》和回忆录还有一年就好了（完成）。师母让他放心，说他的心愿她会找吴鸿陈维杨潮去完成的。

我和陈维告别师母时，师母正在盛老的书房，她指着书桌上的稿子对我说："这是他让我给你的，你看一下是不是这个，我不懂。"

我看到十几本做得整整齐齐的稿子，是《四川人民出版社总书目》和《四川人民出版社大事纪》修改稿，我说："可能是这个。"师母又指着窗边的一摞稿子说："那是他的回忆录吧，说是要交给你的。就是因为你生病了，说不好打搅你，一直放起在。"一想到盛老对我的关心和信任，我心里十分难受，眼眶湿润了。

　　盛老没有给家人留下什么，只有一生收藏的图书，是他的最爱，他收藏的四川人民出版社的书比人民社资料室的还要全。他把他所有的图书交给了他的大孙女管理，大孙女现在还读大三，学习汉语言文学，是盛老的希望。大孙女也最疼爷爷，每次放假回来第一个去看望的就是爷爷，然后才回自己的家，这是他大儿子跟我们说的。盛老不愿他珍爱的书就此沦落街市，他要让它们代代传下去，专门嘱咐孙女不能卖掉，其他子女要看书须在大孙女处借阅，然后归还。

　　盛老爱出版业，爱书，是我的榜样。

　　借用福克纳的话说："如果真有天堂的话，他已在那里了。"

　　盛老安息！！

二〇〇九年十月七日

唐兴发队长

我曾在一个叫"新民"的乡村待过一段时间，那时叫大队，现在应该叫村了吧。

唐兴发是那时的生产队长，我们认识他时，他已有五十多岁了。很难说清他是什么样的人，我们现在说"文革"中的人，总是有好坏之分，而他却是让我分不出来的那种。

印象最深的是他的打扮，现在回想起来，有点像清代的流民，头上永远是一张黑布包着，露出头顶，脸上布满了皱纹，从局部看就是那幅叫《父亲》的油画。

衣服总是粗布的，穿在身上，不，应说是套在身上，因为无论在什么季节，他都不会扣上纽扣，冬天我们能看见他里面穿的是什么样的棉货保暖，夏天却总是那张黄黄的人皮衣服。

裤子和他的头巾一样，永远是黑色的，从来没有见过他有皮带或是一根绳子什么的系着，而是那种宽大得可以装下两个人的裤腰，他总是左右往中间一拉，卷起多余的部分往肚子内一塞的穿法。因此，我们也总能眼观他肚子的全貌，如果你能仔细看的话，有时还看到一些他身体内原生的杂草露出来，不用担心是否雅观，因为与裤子同属一色，只有贴在肚子上时才比较明显。何况他自己都不认为有什么，看见了的人也就不用难为情。

他抽那种我们四川叫"叶子烟"的烟，一根约一尺的烟杆，不是叼在嘴里鼻脓口水的，就是插在头巾上或是裤腰上。

我们到新民大队的时候，他已不知当了多少年的生产队长了，我看出他很有权威，人们都很敬畏他，在他的面前总是小心翼翼的。

每天早晨，总是很早，也就是天刚蒙蒙亮的时候，那时我多半还在睡梦中，就会听到他的声音从远处山坡上传来，很是清晰："动工了——，动——工——了——"中气很足。很快我们又会听到他的声音从另一个山坡上传过来。这是村子大了，他怕另一面的人听不见。当我们背起书包去学校的时候，村民们已不知上工多久了。

他并不去具体地做什么活，总是一天到晚在村子里闲逛（我们小孩子认为的），察看人们是否偷懒或是什么地方没有做对。他能指出的地方没有人能够反驳，他总是对的，而且真的是对的，不是因为他是队长。

我父亲那时是四川最大印刷厂的技术员，每周回新民的家中一次。后来回家的时间更多了，有的时候很长一段时间都待在家里做木工活,至今我们家里都保存有父亲当年做的家具,当初不知道父亲为什么不上班。长大了才知道是城里搞武斗,真刀真枪地干,父亲不愿参加,就称病回到乡下与我和母亲团聚。

父亲在做木工活的时候,唐兴发队长也会来与父亲聊天,说一说他革命的经历。有一次他问父亲知不知道苏联为什么叫苏联,父亲说是苏维埃社会主义共和国联盟的简称。

唐兴发说,错了,啥子叫简称?你就不晓得了哇,在我们共产党第一次跟国民党合作的时候,狗日长毛子俄罗斯人趁我们不注意,侵犯我们的北方领土珍宝岛,战火都烧到了鸭绿江边了。没得办法叫,我们只有奋起还击了,但只有共产党的部队又打不赢,你想俄罗斯人吃的啥子嘛,黑面包,身体的抵抗力好强喔。当时只有联合国民党的部队,一起打。国民党有美国人扎起在,武器又好,他们哪里是对手嘛,这一下子不得了了,我们一直打过去,一直打到了莫斯科公国,你晓得莫斯科公国不?

父亲没有说什么,忘了手中的木工活,直愣愣地看着唐队长。

唐兴发本来也没有让父亲回答他的意思,继续说下去,他说就是俄罗斯人的天安门,他们皇帝住的地方。我们问他们服不服,他们只有服了。我们问他们服了咋个办呢?他们只有随便我们了,我们就说,那你们就把国家的名字改了。他们说,既然我们输给了你们国共的联军,那我们就叫"输联"吧。

近墨者墨

晓得不,这就是"苏联"的来历,我们这下子就伤了他们的元气,他们后来又去惹人家修正主义,又输了,又改了名字叫"苏修"。我还是习惯苏联,听起来舒服,输给我们的嘛。

后来,国民党又跟我们对起来搞了,我们怕苏联报复,好多的共产党都转入了地下工作,跟你说实话,我就是地下党。当时中央为了保护我们的安全,把我们分散了,还给我配了一把小手枪,点点大。我是一路南下到了这个地方,解放后本来我可以去当大官的,后头我不想动了,就跟组织说我还是留到农村工作。组织没办法,就说好嘛,那就给你一个免死牌,可以杀人不偿命,手枪就不收你的了,不过也让我不要轻易暴露了目标。

唐队长在父亲的惊讶面前,优雅地卷起了他的叶子烟。吧嗒吧嗒几口后他像是自言自语地说,把老子惹毛了,老子就把他崩了。

到唐队长死,我也没有看到过他的手枪,我是真的很喜欢手枪那种人。他的革命经历我只听到过这一次,也是唯一的一次。

每年麦收的季节,学校都要放农忙假,大多数的教师都是来自农村的劳动力,是收割的好帮手。学生们当然是巴不得有这么一个假期,不读书可以自由自在的。

但高一点年级的却要去帮忙,一般都是去拾麦穗,还规定了每个学生要拾多少斤。然后交到队里过秤,完成了任务的就可以玩耍。

一般情况下学生都会要求跟着自己父母的小组，那样的话，他们就会故意地留下一些让孩子们去拾，不仅任务完成了，还可以悄悄地把多余的拿回家里去喂鸡。

我就没有这样的好运，父亲在城里工作，妈妈是赤脚医生，都不做农活。我就只有跟着大家去拾，一来不讨人喜欢，二来也抢不过人家。

唐兴发队长这个时候仍和往常一样，从不自己去做活，而是每个田里都有去看看，发现有人故意丢些麦穗让自家的孩子捡，就会狠狠地骂人一顿。当然他一离开，他的话也就跟着他走了，做活的人就跟没有听过一样。

不过有时也很有人情味，他看到学生们怎么也拾零不到时，也会骂大人们，说你们都他妈的是人吗，娃娃那么小跟你们一起晒太阳，你们就那么忍得心，弄那么干净做毯啊。让娃儿们早点完成作业。

过秤都是他的事，但也不真的用秤称，用手一掂就五斤三斤的说，像我这样的即使拾零得比别人的少，有时重量也会比别人的掂得重些，让很多同学不满。更让大家高兴的是，他还时不时地让我们把拾零的麦穗拿回家去，说：大人那么忙，照顾不到家，你们把这些拿回去帮到喂下鸡。

唐兴发队长从公社开会回来，立即让正在干活的人都停下

近墨者墨

活路,到田头开会,气氛很凝重。他说,他刚从公社开会回来(他什么时候去的没有人知道),政府现在严厉打击投机倒把,不准把东西拿到镇上去卖,每家人只能喂两只鸡,一只公的一只母的,多了的都要没收。看到哪个去卖鸡蛋的话,都要把人抓起来,还要把蛋没收了。

在那个时候,农村人能拿出去卖的,可能也只有鸡蛋了,唐队长是明白人。他说,我才不管你们家里喂好多鸡,自己管好,鸡生了蛋,就自己吃嘛,我晓得你们要卖了去买盐,盐有鸡蛋好吃吗?鸡蛋放了盐炒是更好吃,没得盐我看照样好吃。

不听我的话一定要去卖的,不要说是我们新民的,就说是龙华的;我们不说他们,他们的人被抓到了,还是要说是我们的。更不准说队长是我唐兴发。如果哪个说了,老子就把你们的鸡抓来杀了,给老子下酒。要是被抓去游街,背时。

你们可以提劲打靶,就是不准投机倒把,听到没有。好了,今天早点收工,回去把各自的鸡娃子看好。

唐兴发的家里有六口人,他们有两个儿子一个女儿。还有他的母亲,都有八十多岁了,还很健旺。他的妻子因为他是队长,享受了很多待遇,跟他一样,基本不干什么重的活路,工分却跟大家的一样多。因为队长很民主,派活时都征求了大家意见的,他妻子的活都是大家同意去做的,也就不好多发意见。

他的二儿子跟我是一个班的同学,是我当年的好朋友,这里我不说他，以后会专门写他的。

唐兴发队长是吐血死的，也不知道是什么病。我母亲（当时母亲就在唐队长身边）说，唐队长吐了很多血，其实早就病了，就是没有去医院。吐血的时候，就准备滑竿，还没做好，就死在了家里。

他死后，队里的每个人都来了，还来了数不清的外队的人。队里杀了几头猪，吃饭的桌子找不到地方放，就安在了田里。

出殡的时候，人们抬着他的棺材，不知翻了多少梁多少个坎，送他的队伍很长很长。

他八十多岁的老母亲在人们抬起他棺材的时候摔了一跤，以后我就很少看到她出门了。

他的妻子没有去送他，出殡的时候，她站在一根凳子上，她说一定要站得比棺材高，不然的话她的命会不好的。

邓公看破红尘

周五在外婆乡村菜吃饭，也不知是什么重大的事要发生，周一的时候夏公述贵就来电说周五的饭局。提前这么多天，我总不能再以忙碌来推辞了吧。他不说为什么聚，只是说春天来了，要聚一下，越发显得神秘。后又在QQ上说让我不要忘了，我还是忍不住问了是哪些人。

他说就是侯哥、邓老爷子，还有金平、意西泽仁，还给我安排个任务，去接岳父张新泉。更让我云里雾里了，去的都是有台面的人，让我去为何呢，我现在又不喝酒了，总不会因为三八节在周日了，我们几个大男人来庆祝三八节吧。高虹老师肯定要去的，难道为她？

我到时高虹老师、侯安国侯哥已在那里了，还有一个不认识的，高老师介绍说他是李浩，今天是他在请客。接着邓老爷子星盈也来了，好久不见，格外亲热。我私下问侯兄是什么名目，他说他也不晓得，反正是夏公召集的，大家聚一下。

很快大家都来了，一看了不得，邓公是前人民出版社的头，侯安国是天地出版社的头，金平是文艺出版社的头，意西泽仁是作协副主席、《四川文学》的主编，高虹是副主编；而夏公是《当代文坛》的头，伍松乔是《四川日报》的前副刊部主任。岳父张新泉也曾是《星星》诗刊的执行主编，李浩看那举止就是一个官员，在后来的谈话中得知他是一位不错的作家。只有侯兄的年龄与我近些，其他都是前辈，面对一桌子的丰盛，弄得我手脚都不晓得咋个放了。

喝的是十五年的茅台酒，我不敢喝，只是倒了些在杯子里装装样子。在夏公侯哥看来，我的不喝酒真是有些扫兴，想当年，我可是桌上的主力，就算聂胖子作平来了，我也不见得虚火他。本来是邀了他的，可他去了福建，遗憾遗憾。

酒过三巡，依旧在不断地绞酒，声音是一浪高过一浪，还真没有发现为了什么主题而喝，看来夏公是个实在文人，春天来了，我们就为春天干杯。

金平的社长任期就要满了，大有要重返文坛的雄心，几年的社长任期，酒量跟业绩一样涨得可以。

邓老总是桌子上的主角，每次都是这样，他曾在商务干过，到四川主持四川人民出版社时间最长，都是在六十二岁上才退休的。这次金平爆料了他的很多逸闻，显示了邓爷子的智慧。因近三八节，说了一折三八节的逸闻，说有一年三八节，他让办公室的为全社女员工各买一枝玫瑰，唯漏了一人，而这位却是一位省领导的家人，去问他为什么所有女员工都有而她没有呢。邓公说，你的嘛当然是我亲自送呐。

近墨者墨

侯哥是在邓公手下成长起来的，他也不甘金后，说一次邓公打牌凌晨才回家，刚脱衣要睡觉，夫人正好这时醒来，便问他，今天怎么起来这么早呢，邓公连忙又穿上衣服，一边穿一边说，今天在都江堰有个会，又是赶快叫回司机来接他。

这天邓公总是要意西老师多喝酒，让意西老师很有难色，好在意西老师的酒量可以，放开后就大杯大杯地干，直让他说耿直。说到邓公的劝酒，金平又说了一则趣事，说有次在酒会上，他要让时任的省委宣传部长席义方喝酒，大家都知道席是不怎么喝酒的，一般人更是不可能去劝酒，就是劝也不会喝，邓公上去，只说了一句话就让席部长喝了，他说：席部长你不喝我就给你出一本坏书。席说不能出坏书，就喝了。邓公对我们说："我可以不在乎社长这个位置，他却不一定不在乎部长这个位子吧。"所以就喝了。众皆笑。

高虹老师说，一次邓公说他三岁就看破红尘了，就问他，既如此你又为何要结婚生子呢？他说看破红尘并不等于就不恋红尘。我说不对，是高虹老师把邓公的话理解错了。大家愿闻其详，我说邓公意思是他在三岁时就看见红尘破了，裂了一条缝，就一头栽进了红尘。我们大家都是红尘中人，所以要大口吃肉大碗喝酒，大声骂人，三八节大献殷勤，才会不亦快哉！

二〇〇九年三月九日

长江来信

长江姓杨，酉阳人，与冉云飞同乡。据说酉阳出土匪，人称他匪人，冉云飞平素我们也称为"冉匪"，可见他乡真是匪，行为匪夷所思，本事匪闻，让人敬佩。

初识他时，你真还不一定受得了他的匪气，开口闭口多有诟骂，匪得让你恨不得在人前装着不认识他。不需二三回，所识渐变，最终有相见恨晚之叹。匪是嘴的耿直，内心则如多情的女人，有"掐死"你的温柔。

今春（二〇〇七年）以为冰寒不能回酉阳，说是到成都来过，没想初一晴好，两口子就直奔老家解乡愁，说过了节再绕成都来聚。

都要上班了，又说不能来，为我们备的野味，只能从重庆邮来。并修书一封，告知怎样食用，其情可感。未经许可，公布其信，昭示博友，识其情真。

哥子好！

不知道你妈妈的病好些没有，近读你的博客，感觉得到你过年的心情不是很轻松……已为人父之人，感恩父母于我们的生养之情，那一份孝心不是天底下每个人都懂得的。哥子这方面堪称兄弟之模范。

……

今年山里大雪，野猪打不到，弄来的野猪肉是腊货。野山黄羊（麂子）肉是新鲜的，乃兄弟亲手所屠。我怕弄到你手里坏了，故在县城切成小块，跑去制牛肉干的厂家做了真空包装……腊货即是野猪肉，鲜货即是麂子肉。都不多，只是尝鲜而已！

收到之后，立即开包。先食麂子肉，野猪肉是腊货可存放，后面吃。我老家的烹饪方法如下——

先清水冲净血腥，加入柑子皮和一小撮茶叶于清水中浸泡二三小时。这个过程可在阳台上进行，在室内太骚臭！然后按自己喜欢的口味做汤锅吃。

腊野猪肉必须洗净后浸泡数小时，否则吃不动，太硬！浸泡时不用再加茶叶。亦是做汤锅食用。

……

哥子多喝一杯！

二〇〇八年二月十九日

王跃的六百万

　　肖平给王跃去电话，问他在干啥子，出不出来耍一会儿。据说此时王跃正在睡觉，没精打采的，一听肖平电话，立马来了劲，还没等肖总把话说完，他就说六百万，他已有六百多万了。

　　我听着肖总说，那要恭喜你喔，出来庆祝一下。

　　我一下子想起了童话里的那个裁缝，一下子打死了七个。我接过电话说，你是我的偶像，请你给我一张签了名的照片，我要挂在我的办公室里。

　　王跃说，是不是喔，你一向是踏屑我的。

　　我说是真的，把你挂在办公室天天瞻仰，当然你要听话哈，不然把你挂在厕所里，天天臭你。王跃说我宁愿你挂在厕所里，还能真的天天可以看一眼，办公室里会熟视无睹的。

　　我们的王跃对人生有很多的见解，说起话来真是幽默得笑死人，除了开心外，居然找不到可以回敬的话。

　　六百万，当然我们要他请客，他笑眯了说，又不是啥子，是点击数六百万。

是他的新作,长篇小说《南方浮华》挂在新浪网的读书栏目的首页上,他的经纪人告诉他说现在已有六百多万的点击了,评论有一长串。看得出来他很得意,有那么多人的关注,是我也会兴奋的。

不过我们倒是由衷地希望他的小说能卖六百万册,拿版税六百多万,那时恐怕就真的逃不脱要让我们大撮一顿了。他说,我又没说不请你,说好了请你们的,我说话是要算数的,哪天我要请你们。

我不知道是哪一天,但我晓得签名的照片肯定是要水我的。还好,回家翻看我的摄影作品时,发现我在成都图书馆拍的巴金的塑像很有些与他相像。

说不定当初就是以他为模特儿的呢,他与肖平那么熟,这个后门还是可以开的。

我记得，他记得

明德老师送我他作序的阿滢的《秋缘斋书事》，书写得有趣，是作者的"书人书事的随记文字，真实生动"。看后想想我自己，也有很多值得一记的事。其实无论是明德师还是冉云飞兄都在不时地提醒我，希望我把自己的交游记录下来，云飞还说，把记日记当成送给女儿的礼物，等女儿长大了，知道当年的老爸在做什么，在跟什么人交往等等，听后也觉得十分在理，就想试试吧。今仿阿滢《秋缘斋书事》之例，先记一则。

五月二十三日，下午与何小竹电话，说我要把他舅舅的稿子《粮食的历史》给他，这部稿子放在我手上有一段时间了，没有及时与他交流意见让我很不好意思。他说他与吉木郎格在圣天露茶楼，让我到那里与他们相聚。

因为我忙，平时也难得与他们相聚，这次一聚自然也十分珍惜，就一起吃了晚饭，就餐中郎格接到马小兵电话，说他在小房子（酒吧），约好我们去那里。

小房子我也不知道有什么吸引人的地方，不大的一个小酒吧，马小兵、小竹、郎格一帮人就是爱到那里去，他们都称老板表姐。表姐姓杜。

刚坐下，诗人石光华应约也来了，我也是好久没有跟光华兄见了，一见自然也是要碰杯啤酒的。本来是坐在露天的，后有雨点袭人，只得进屋内续饮。

石光华因著《我的川菜生活》而更张扬了他美食家之名，到处请他品评酒菜，我也跟着去吃过一回"万里号"，期刊纷纷约他赐稿，今天来这里就是《水井坊》的编辑要给他送样书来。杂志印得漂亮，文章更是得到大家推捧。

没多久，马老小兵说给我们介绍一下，原来是阎嘉来了，阎是川大的博导，我已见过他两次，没有交流过，还是生疏。我一提起我们的交往，提起一些人，他一下子想起来了。他是翻译卡夫卡的专家，我家有他译的《卡夫卡日记》，我曾想出版一些卡夫卡的书，希望将来他能给我支持。

桌上的空酒瓶越来越多了，不知什么时候，文迪也来了，石光华介绍说文迪网名叫"深爱金莲"，写过《成都粉子》。我曾与文迪和他的朋友姚曦一起聚过一次，自然熟悉他了，他的小说《成都粉子》出来后曾买了一本很快读过了。那时慕容雪村的《成都，今夜请将我遗忘》很有名气，后来江树还出了本《成都，爱情只有八个月》也相当火，前不久与冉云飞一起见过慕容雪村和江树，在锦江宾馆，慕容说他把成都的五星级酒店都住遍了。这么短时间见到三位写成都的高手,真是不亦快哉。

酒喝得太多了,大家各聊各的,当我与郎格说我从凉山回成都后,现在最怀念的是彝家的坨坨肉,他说,不久他将让我品味到彝家的坨坨肉,就在成都他的家里,说让我带上夫人与岳父,还有小竹一家。

何小竹说他与我岳父张新泉在一起时称兄道弟,我们在一起时也称兄道弟的,不过当岳父在一起时不会这样了,他们都很尊重岳父。他说岳父是中国第一个支持和理解他们一代先锋诗人的,在他们这一代诗人中,都非常喜欢岳父的诗,说他身在官方却诗在民间,所以岳父的诗集《鸟落民间》无可争议地得到了首届"鲁迅文学奖"。

此时,岳父也正想印一本诗集,书名还没有取定,我正好征求他们的意见。诗集原本取名为《张新泉诗选》,我认为四川文艺社出版出过同名的,再以此名不好,后他又给了一个名《一灯如豆》,倒是有诗意,我觉得又不够大气。

我说不如取名《好刀》,这是他其中一首诗名,在好多人看来也算是他的代表作了,还有印一本诗集出来,主要是交流用,在这种分上,岳父也无须对自己做过多的介绍了,要了解他,只需要读他的诗就行了。诗,好诗就是张新泉的名片。我认为甚至书名就叫《我的名片》就行,郎格十分赞同用《我的名片》,何小竹却认为《好刀》不错。

我们说到了青春文学，何小竹说他认识一个青春文学的作家叫颜歌，这个名字对我来说是熟悉的，知道她的书有好的反响，前两天还听到我的同事周轶说与颜歌一起吃饭讨论青春文学的事。不知何时来的一个叫陈颖的，她是何小竹的朋友，她说她认得周轶，周轶是她的师弟。

呵呵，天地真小啊。小竹当即与我敲定，好久约颜歌与大家一聚。青春文学是我们公司的重点板块线，我正需要各位作家们跟我扎起呢。

酒喝得多，聊得也欢，又来了些什么人不记得了，什么时候又走了人也不知道了。

何小竹与我谈到了他多年前写的小说《潘金莲回忆录》，我说你发给我看看吧，我记得。

第二天他发来了《潘金莲回忆录》，他记得。

二〇〇七年五月二十七日

元旦，想起两首诗

零八年了，大家都在说，零七年怎么这么短，一眨眼的工夫就没有了，想想也真是岁月催人老，时光是想留也留不住。

母亲在医院里，没能回家与我们同过元旦节，晚上送女儿去学校后，去病房看她；母亲精神还好，我们都欣慰，我们都希望奇迹出现，让我母亲长命百岁。

回家时想起两首诗，是朱熹的，好像题叫《春日》。以前我不知道，现在知道了，是因为周末去接女儿回家时，在她们学校的墙上看到的，是学生的书法作品。

当时女儿正在教室里背英语，我无事，就背墙上的诗。

其一

少年易老学难成，一寸光阴不可轻；
未觉池塘春草梦，阶前梧叶已秋声。

其二

胜日寻芳泗水滨,无边光景一时新;
等闲识得东风面,万紫千红总是春。

一 天

说的是上周三那天,但得从周二说起。下午四点多钟的时候,我感到腰有些痛,开始还以为有点腰肌劳损,没有在意,哪知后来是越来越痛,到了晚饭时分是坐也不是站也不是,就连躺着也是无法忍受,我担心肾有问题,大意不得。老弟吴献联系了中医学院的肾病专家苏叔叔,正好他今天值班,饭也没吃几口就往医院赶。哪知还没到医院大门口,腰却不怎么痛了,苏叔叔凭他多年的经验,说"来如风去如风,典型的肾结石症状"。但医院都下班了,无法打B超,也就无法确诊。于是就在他的办公室休息一下,我看到他桌上的血压计,就说帮我测一下血压吧。不测就罢了,一测把苏医生给吓了一跳,他不相信自己的眼睛,说高压一百八十,低压一百二十,以为弄错了,再来,还是如此。立马问我的症状,有什么反应,我还真说不出来,最多就是平时想睡觉的时候多,只当是平时太累了引起的。我说是不是因为刚才腰痛紧张了引起的。苏医生说,就算是,也高得离谱了。如果是门诊病人,是一定要求住院治疗观察的。

反正明天要来做 B 超，到时再来测测。

周三来了，一大早还是老弟陪我去了中医学院，才八点多钟已是人满为患，我都排到了三十六号了，医院的生意也是太好了。想到已经约了范锐说稿子的事，心里还真有些着急，好在范是个慢性的人，说不定我检查完了他还没到呢，只好静下心来慢慢地等，空着肚子守半天，真是难受。

快十一点钟了，才轮上我。果然双肾都有积液，好在没有发现大的结石，全都是人们说的像沙子一样的晶体，可以通过排尿将其排出。去找苏医生，又查了血压，高压一百七十，低压一百二十，还是那么高。住院我肯定是不会干的了，手上那么多事，想到范老还在等我，心就不在医院了，等开好药就匆匆地离开医院，刚出医院门口，范大爷就来了电话说到了，真是奇迹，他居然比我先到。

在医院捡药的时候，诗人龚静染来电话，说他写的书稿排出来了，要交给我看，他希望我来做他的书，他近来好像很信任我做的书，我就说你来吧，与范总一起见吧，反正中间也有个时间差。

范总在给我们做"莎士比亚作品单行本"丛书，我要尽快落实交稿的时间，还要确定好编排体例，我们的这位"文博"真是了得，在交流时我好像就坐在川师的教室里，上他讲的莎士比亚课。

刚好说得差不多了，龚诗人来了，交来他写乐山五通桥的

近墨者墨

书，我在他的博客上看了好些篇，真是写得不错，但没有看过全稿不敢下定语，这本书就像是当初三联做的"乡土中国"丛书。我们公司做这类书在成都还是有点口碑的，可惜现在我的公司只做文学与少儿板块，看来要割爱了，但又不忍心，还是要认真读读，给他一些我的意见，我当然还是希望经我的手，让稿子成为一本大家都喜爱的书。

我正说得起劲，伍立杨的电话来了，他说他到成都了，希望能见见。这是当然的。

下午我还与弘学居士约好了要在大慈寺相见，这是几个星期前就约好了的，而且弘学老师是一位近七十的我敬仰的长者。早上才给我约定是下午三点见的。

中午与范锐、龚静染同志只草草地吃了午饭，范大爷就拿着稿子回去用功了，龚诗人见我有事在身，也没有久留。本来我们平时就少有聚会，想起来真有些对不住他，他肯定想多跟我交流一下稿子的事的。

他一走，伍立杨发来了信息。说他想在我去大慈寺见弘学老师前先碰一面。我想他住的地方离大慈寺也不远，就给他电话，说不如我们一起去大慈寺坐坐。

他同意了，我去酒店接他。他住的酒店的名字很搞笑，叫"薄荷酒店"。

弘学老师早在大慈寺等我们了，他到门口来接我们，这样

近墨者墨

车才能开进去，这让我想起了当年肖平住家大慈寺时，每次我们为了不给一元钱的门票，就说是进去找肖平。门卫每次总是二话不说就放我们进去，想起来都想笑。

弘学老师让我把车停在他的办公室门前，很是方便。进得他的办公室，他早已泡好了功夫茶。

我找他是想让他给我们编一套有关佛经的书，现在佛经的书出得多，但大多没有特点，乱七八糟的多，我想如果能有一套分类的佛经普及读物面世会很不错。

弘学，本名李英武，重庆人，一九三八年生，一九五七年毕业于西南民族学院藏语文专业。一九七二年皈依正果和尚，赐名弘学。弘学老师从上世纪五十年代起精习儒学、佛学，对儒学与汉藏佛学都有很深的造诣。著作嘿多，编、著的书有好几十种。其《佛学概论》《藏传佛教》被选为大学教材，这次他将这两本书签名送了我，我是喜悦得很。

伍立杨是初识弘学老师。弘学老师送名片，我也再得了一张，这时我才知道，他还是：成都国学研究会会长、应天佛教文化研究交流中心导师、法门寺文化研究会顾问、中华翰德学院顾问、成都市大慈寺顾问。弘学老师平时不常在大慈寺，他经常在黄龙溪镇做学问，这次见面说了好久了，今天才得空在此相聚。

弘学老师博学，生活经历也丰，所以颇多掌故经他之口说出，妙趣横生，让我们听得津津有味。弘学老师与四川出版界交往颇深，我与他相识是本世纪初，那时他没有留须，是十足的学者像，现是须白长髯的慈祥长者，马上就七十了，他说两三年后就要封笔了，现在手上有两部讲稿正在整理，一部好像是"唯识论稿"，将来相信一定也是会被大学选用的。如果可能，真是希望能经过我们的手出版。

本来不想多打扰他的，没想话题一开，不觉就到了下班的时间了。立杨本没打算与我共进晚餐的，但与《当代文坛》的头头夏述贵通话后，说一定要一起吃饭，我们便才离了弘学老师到北门大桥边的一相逢聚。

这天注定要让我与很多新老朋友相聚，晚餐时与邓星盈老见，他是前川人社的社长，侯安国现天地社副社长，侯云，美术社编辑，当年《脑筋急转弯》的受害者；初识了大名鼎鼎的魏学峰，省博的副馆长，闻他的名是他的学识，知道他是大书法家。还有魏馆长的夫人，还有一位印刷厂的，不好意思忘了他的名字了。喝了两件多冰啤，深爱麻将的邓老爹与夏总、侯社、厂长一同切磋去了，其余人便先后道别，各自回家。

回到家里已快十二点钟了，打开冰箱，看到老弟吴献给拿回来的中药，还有放在桌上的降压药，想想终身吃药就从今夜开始了，不觉悲从中来……

二〇〇七年七月三十日

面朝大海，春暖花开

曾经也是喜欢过诗的人，但总是写不出一首像样的来，于是在写了一篇《诗路不通》的感慨后，老吴从此与诗绝交，不写诗了，也不读诗了。

虽然也知道有个卧轨的诗人叫海子，也知道很多的大学生把他当成·#%￥2*，但我并不去读他的诗。

我看到一些漂亮的书上（如《百老汇音乐剧》）印有"春暖花开书坊"的字样，认为这个工作室的名字取得不错，后来认识了黄明雨才知道是他取的。我曾问过他取这名字的用意在哪里，他说，没什么，是一首诗的名字，"面朝大海，春暖花开"，他还说了诗人的名字。当时我没有听清，以为是哪个朝代的著名诗人，因为没读过怕丢了面子，就没有再问下去，大概在我一声"喔"后便没有下文了。

后来，我读到那个写《成都，今夜请将我遗忘》的慕容雪村的一篇谈新诗的随笔，名字叫《让神圣的神圣，庸俗的庸俗》，第一段就引了海子的这首诗，他引的是诗的最后一段。

再后来,老吴住了医院,躺在病床上无聊,翻看《读者》,一个海子的北大校友怀念海子的一篇文字中我看到了这首诗的全部。其实我的书房里就有一本《海子的诗》,只是我不愿去翻它。

上个月的二十二日,明雨在大连,发来短信说"海边真不错",当时我正在从都江堰的灵岩山上下来,心里有说不出的滋味,并不是很爽,仿佛女人的大姨妈要来了,有一种无法控制的情绪,脾毛火燥的。接着他又发来了"面朝大海,春暖花开"。车窗外雨下得正大,什么也看不清,就像是热泪盈眶。

几天来,我脑海里一直浮现着这首诗,现在我把它抄写下来,愿没有读过的都读读它,愿读过的人重温它——

> 从明天起,做一个幸福的人
> 喂马,劈柴,周游世界
> 从明天起,关心粮食和蔬菜
> 我有一所房子,面朝大海,春暖花开
>
> 从明天起,和每一个亲人通信
> 告诉他们我的幸福
> 那幸福的闪电告诉我的
> 我将告诉每一个人

给每一条河每一座山取一个温暖的名字

陌生人，我也为你祝福

愿你有一个灿烂的前程

愿你有情人终成眷属

愿你在尘世获得幸福

我只愿面朝大海，春暖花开

二〇〇六年八月三日

上帝的安排很有意思

十多年前,我曾编过一本感悟人生的小册子,有个自以为牛B的人以为他可以把书提供给航空公司,让每位上了飞机的人都能在短暂的旅途中不会太枯燥。

想法很好,我也支持,虽然最后并没有圆满,于我也是颇有收获,每每回味,也似颇有感悟一般。近来常想人的一生的问题,也就想起了小册子里的一则故事,选这则故事时并不知道它的出处,后来好像在安徒生的集子里看到有类似的故事,现在就把版权归属他吧。

原题为《寿命》,故事的大意是——

上帝创造了天和地后,他想也应该给生物们定一个寿限。

于是,他问驴:"让你活三十年,你满意吗?"

驴惶恐了,回上帝说:"哎呀,三十年太长了,上帝啊,您应该替我想想,拉磨、拉车、驮东西,还要天天挨鞭子抽,请您让我少活几年吧。"

上帝觉得驴真是有些可怜,就说:"好吧,就给你减去十八年，就活十二岁吧。"

上帝又问狗活三十年行不行。狗想到自己每天要叫要奔跑，也很辛苦，也请求上帝让它少活几年，上帝同意它可以少活十二年。

当上帝问到猴子时，猴子说："人总是让我干一些滑稽的事，显得呆头呆脑的，我不愿意活三十年。"上帝认为猴子说的也有道理，就同意它减去十年。

最后，上帝问人活三十年是不是满意。人说："三十年太少了，盖房子、种地、成家立业，正要享受人生乐趣的时候就要死了，是多可悲的一件事啊。上帝啊，请延长我的寿命吧！"

上帝看人这样地乐观，就说："好吧。我把驴子的十八年寿命，狗的十二年寿命，还有猴子的十年日子都给你过吧。"

人听了以后还是不很满意，可是上帝已经走了。

后来人的一生一般就是七十岁了，前三十年，本来就是属于自己，所以人活得很健康、很愉快。接着是驴子的十八年，层层的负担加在了身上，活得跟驴子一样辛苦。然后是狗的十二年，牙齿开始脱落，整天哼哼叽叽的。最后是猴子过的十年，做起事来呆头呆脑，糊里糊涂的，时常被小孩子们嘲笑。

我们那个年代的人，在前三十年问到关于人生的话题，一般都会想到保尔·柯察金的"人的一生应该这样度过，当他回首往事的时候……"现在呢，我是觉得上帝的安排很有意思。

二〇〇六年十一月二十五日

成都地下铁

　　成都要建地铁,悄悄地就在城市的中心挖开了。也许你会问,这有什么奇怪的呢,好多城市不是都有地铁了吗?一八六三年英国建了第一条地铁,现在都有一百四十三年了,成都也该有地铁了。

　　很多城市都建了地铁,据说从二十世纪七十年代起,地铁不仅是第三世界首要解决城市交通拥挤的灵丹妙药,也是被视为跻身"先进城市"俱乐部的会员金卡。我不知道成都市政府是想解决交通的拥挤问题呢,还是想以此进入世界"先进城市"的行列,成都的街道上虽看不到几个高鼻子蓝眼睛,但成都市的管理者们从没有放弃过把成都建设为国际大都会的梦想。

　　不管怎么说,地铁已破土动工了。政府没有问过我们,成都建地铁对市民来说意味着什么,也没有问过我们,心中的地铁是什么样的。

　　在我的眼里,当代"新旧"成都的分水岭是一九九五年的府南河整治。一个落后破旧的成都渐变为一座现代都市,但这也是一个形式而已。如果地铁修建成了,那可是对成都革命性的改变。

地铁是速度,是"大众快速城市铁路系统",是都市流动的具体表现。城市里移动速度的改变,造成了市民对于空间体验和城市观念的改变。因此人们的移动速度变得更快,效率更高。高速的流动造成了人与人、人与物、人与空间的互动降低,"城市旅程因此越来越单调、越来越抽象"。

对于深圳、北京、香港等等这样的城市,也许并没有什么实质性的变化,只不过更快更方便些罢了,但成都就不一样了,成都一直都被认为是慢性子的城市,成都人也以自己的休闲生活方式而得意。一旦速度起来了,成都的各种生存方式都将随之而变,也许在很多观念上也得调整。

自一八六三年的以都市交通服务为目的的地铁,到现在已发展成了一种新的建筑类型,具有审美的价值,而成为一种综合不同领域的科学。恐怕现在是由不得规划设计者只把它当成交通工具来修理了,它必然会成为我们城市生活的组成部分。

这我就关心了,这座城市也是我们的,我们的地铁会建成什么样子?

巴黎的经营者向世人描述,他们在新时代将"把地铁经营得可与地面公园绿地媲美,让旅客重获尊严与人的待遇"。

葡萄牙首都里斯本忠实反映了这座城市独特的文化传统:

陶瓷艺术。里斯本地铁是地底下的陶瓷美术馆。

日本的神户，是市民成长的记忆，地铁的建设充分考量了市民的参与，在三宫站用两千多世纪之交出生的婴儿的小手印小脚印做成瓷砖上，装饰在通道上，成为一道独特的风景。

莫斯科的地铁是"权力美学"的代表。苏联的官员认为，地铁是资产阶级剥削无产阶级的典型象征，是反社会主义的，是有钱人用汽车占据道路横行地面，把贫苦大众赶到拥挤、窄小且通风不良的地下，而且毫无风景可观，只为奔波和求生存。因此迟迟没有动工，还是斯大林同志亲自下令才得以建造。为了体现地铁为广大劳动人民服务，地铁建得像宫殿一般，不仅宽敞便利，而且还舒适，照明和通风效果都十分地好。据说在地铁里用的高品质的大理石比沙皇统治五十年的王室用量还多。而且就是一个普通的站台都修得像人民大会堂。

就连朝鲜平壤的地铁也跟莫斯科的一样，被人称为"地底深处的另一座城市"。比起莫斯科的地铁有过之而无不及的堂皇，当然也有过之而无不及的政治色彩，金日成的形象在阴道里面很牛 B。

……

成都的地铁，可供借鉴的可是很多了，看是跟资本主义比还是跟社会主义拼，如果像以上描述的我都喜欢。

我不知道成都地铁的设计者有多牛，怕的就是跟中国其他城市的没有两样,不管走在哪里都是"胸"相毕露的广告牌。

我不喜欢"地铁"这个名字,什么铁路都是建在地上的,建在天上的是飞机的航道。我比较接受台湾地区和日本的称呼,在地下的铁路就叫"地下铁"。

几米的《地下铁》是本很不错的绘本书,他说"每个人的心中都有一座地下铁,通向一个叫希望的出口"。

成都的希望在哪里呢?我希望有人写一部名叫《成都地下铁》的小说,给成都的读者一根盲杖。

成都的地下铁几年后就要通车了,我们不得不面对地下铁给我们带来的那一系列的冲击,到那时我们期许的是什么呢,我们遗失的又会是什么呢。

台湾的杨子葆写巴黎的地下铁时说:"长久下来,人们对都市的记忆丧失殆尽,只记自己家里与工作地点,以及无穷无尽的隧道。所谓'都市意象'云云,只是逝去的美好日子的'传说'。更糟糕的是,市民因为依赖城铁(地下铁),不仅在视觉与记忆上脱离城市,更悲观来看,简直沦落成水泥丛林底下,缺乏阳光照射和雨水滋润、根本没有自然视野的'土拨鼠'。"

我们离这样的日子又会有多远呢?所以我想的是要编一个我们成都人的故事,让这个故事在地下铁里发生,我们要去讨到成都地铁的建设规划图,知道我们的地下铁开往什么地方,路经哪里。我们要在成都的地铁还没有建好之前,给它造一个像，让我们找到希望的出口。小说中要有我们成都的人文的影子，要有喜悦、有淡淡的哀伤，当然也要有爱情，有成都人的迷茫，也有新时代的阳光。

如果作者喜欢，你可以把男主角就叫梁朝伟、刘德华、梁家辉等什么的，女主角也可叫张曼玉或刘嘉玲，大家越熟悉的越好。

成都有位作家叫小你，我认为她来写这本小说一定会很合适。没有什么来由，我就是下意识这么想的。

二〇〇六年三月二十八日

与每一位客人分享心时光

老吴对书店的要求就跟对餐馆的一样，对胃口的不厌百回去，不对路的，哪怕是露乳沟秀大腿展丁字裤，也不能让老吴动心。

有很多文章写读者与书店，作家与书店，出版者与书店的轶闻趣事，写书爱家与书店老板的让人心仪的佳话。不过老吴却并不喜欢去认识几个书店老板，更喜欢当个旁观者，进书店就像翻开了一本书，去读书店中的芸芸过往，看可值书写的书店时光。

老吴买有一本台湾晨星版的《台湾书店地图：最丰富的书店散步指南》，这本书是全台湾特色书店的生态导览，是台湾书店业百年历史探索，也是最新最翔实的书店资讯。有人相信爱书如老吴者编一本这样书的应是轻而易举的事，而老吴的智商如老愚说的不敢恭维，除几家爱去的书店，问起老吴成都有什么特色书店来，竟一脸茫然，遑论导览，遑论指南。

只能带大家去他常去的那几家，就如"心时光书店"吧。

老吴住家的地方在大石西路，这是一条美丽的街道，小叶榕常年翠绿，汽车在伞枝的街面行走，像是在绿色的隧道里穿行。这也是世上最堵的一条街，早上下午都像是停车场，也就是说人流量嘿大的喔，可是叉叉的是，居然没有一家书店，更不要说有老吴对胃口的书店。

心时光书店是离老吴最近的书店，在紫藤路上，小小的，小小的，眼睛一闭一睁就走过了。好在她旁边有一家安德鲁森面包店，时时有糕点的清香溢出。老吴爱在安德鲁森去给女儿买早餐，吴小黑吃东西挑得很专—得很，每次都是蛋挞和肉松面包。老吴也乐得单纯，可乐的是也可以推开心时光的门，去翻翻去站站。

老吴总是自以为是，据说这是双子座的性格，看别人店小，就以为自己腰粗，不办会员不需要打折，美其名为支持书店也就是支持自己的事业。并且每次进书店就像小偷夜侵穷人家，怎么也不愿空手而归，哪怕是灰也要抓一把走。所以老吴进书店，好像很少有空手而回的，因而家里专供一百八十平米的房子堆书，以为自己就是巫了。

年初认得徐晓亮，才晓得自己是小巫。小巫见到大巫，本来该怕怕的，好在老吴胆子大，见到大巫就像见到了老乡了样，倍感亲近。大巫已连续若干年年购十几万元的书，开始老吴也想是鸡毛吧，那么多书都放在哪里啊。跟他处久了才知道他买起书简直就跟买盐一样。

徐大巫是心时光的大客户,顶级会员,他是那种可写进文坛掌故里的人,跟他没有交往多久,老吴就发现中国没有他不识的人。继而我们开始谈书了,开始说书店了,开始说各自的心得和交往了。

"心时光"是一家书店的今生,它还有前世。最早叫"汉得书店",成立于二〇〇二年,香港注册的公司,总部在广州,鼎盛时期全国连锁有二百余家。

大巫常常流连在心时光书店,谈他对书店的期望。给我讲他与文人墨客的过往。大巫是伍立杨的好友,让伍立杨在自己的书上给签上名,又做了易拉宝,他跟心时光书店讲应如何卖伍的,果然伍 sir 的书卖得飞好的。

大巫与小巫,还有一个海归叫曹竞仁(他的出现,常让老吴把他与曹聚仁搞混)常聚一起,仿佛真就生活在了曹聚仁的民国时代。我们在这里会老友,也在这里交新朋。王家葵先生的字、龚仁军先生的画挂在墙上,我因此认识了两位书画界的强人,大家都有相见恨晚之慨,每见则"沉醉不知归路"。

心时光的屋子里人文的气息弥漫的时候,老吴才真正懂得"心时光"的境界,无论进哪一家书店,老吴喜欢的书店,都是让人享受内心自由平静时光的书店。当然,能书店里交上朋友,能有一段段所谓佳话趣谈,对爱书人来说,更是心时光好时光。

台湾有家叫福尔摩莎旅行书店的主题书店，在高雄市，老板叫陈垦，跟我优秀的表弟的名字一模一样，呵呵。他说："其实，每一位来书店里买书，与我经验分享的客人都是我的老师，唯有透过他们，我才能不断自我充实，为读者提供最新、最即时的讯息。"

　　"与每一位客人分享自己的经验"，心时光书店，店很小，梦想很大。

二〇一一年七月八日

你是我的排骨

　　亚当是神第一个创造出来的人，神认为亚当一个人独居不好，于是就用亚当的一根肋骨造了一个女人，起名为夏娃，夏娃这名字的希伯来文 chavvah 是"生命"的意思，她是万物之母。

　　由于偷吃伊甸园中分别善恶树上的果子，神宣布女人从此必须经历生产的痛苦，男人必须终身劳苦，他们都必须得面对死亡。

　　神怕他们又偷吃了生命树上的果子长生不老，把他们驱出了伊甸园。让他们在各种艰难的环境中生存，繁衍人类。

　　于是世上就有了好多的男男女女，男女多了，男人就不知道哪个女人是他身上的肋骨，女人也不知道她该属于哪个男人。于是就满世界地寻找，于是就有了好多的恩恩怨怨。

　　那么多的男人和女人，真的是不好分辨。

　　一个男人身上少了根肋骨，当然是不舒服，总是想找回那根属于自己的肋骨，也就是女人。

　　自己身上的东西总是珍爱的，所以男人发明了好多甜蜜的话来形容女人，女人也特别喜欢听甜言蜜语。当被这些蜜语打动了而走到一起的,也就是肋骨回到了男人的身上,从此王子和公主过上了幸福的生活。

男人也好,女人也好,没有不想过上幸福生活的,于是他都在自己精力最旺盛的时候寻找肋骨,她也是精力最旺盛的时候想找到自己的依附。

于是满世界的"亲爱的""我的心肝,我的宝贝""达令",就连歌里也唱"你是天你是地,你是光你是电""你是我的唯一,你是我的最终"。于是好好的痴男痴女"为爱痴狂"。

所谓肋骨,也就是我们通俗说的排骨,男人在寻找自己的那根排骨时总是不能一次就找到,他要去品尝很多的"排骨",品尝排骨肯定不能生品,自然是要加很多的味,对排骨就要煎、炸、炖、煮。所以说啊女人真是不好做啊,难怪有人说"做女人难",很多的女人都叹喟生活的苦,说"男人没一个好东西"。

甜言蜜语听多了,也就不敢相信他是不是你的依附,你是不是他的肋骨了。往往甜蜜形容词都不太实在。当一个男人对你说"你是我的排骨"时,你一定要认真对待了,这句话最实在,说不定他就是你最终的依靠。

"你是我的排骨",这是神的旨意。也许不动听,听多了就习惯了。

二〇〇六年一月四日

中国的太阳神

一般说到太阳神，我们首先想到的是阿波罗。他是宙斯和勒托之子，月神和狩猎女神阿尔忒弥斯的兄长，又名赫利俄斯。

相信很多人如我，很少去想中国是不是还有个太阳神。

今天早上看唐鲁孙的文章，有一篇谈点心"太阳糕"的，才知道中国的太阳神是谁。

唐鲁孙回忆说，北京二月初一有太阳糕卖，是用白米磨成粗粉，团好塞在木头做的模子里做成的。太阳糕的特点是有花纹的面饼，五枚一层，顶上一层"插上一只五彩缤纷，用江米面捏的小公鸡，五只算一堂，用来祭太阳神"。

唐先生说："所谓太阳神，实际就是明朝的最后一代皇帝思宗（崇祯）。在清定鼎中原时，一般老百姓认为崇祯非亡国之君，死得又惨，民间怀念故君，所以托词为太阳神做太阳糕来祭祀他。"

崇祯是中国的太阳神是我做梦也想不到的。

神话中的阿波罗主掌光明、医药、文学、诗歌、音乐等，并代表主神宣诏神旨，每天驾天马拉乘的黄金车巡游天上一周。而我们的太阳神却是一个吊死鬼，真是大跌眼镜。

唐鲁孙先生说"太阳糕淡而粗劣，实在难以下咽"，让人想不起崇祯这位太阳神也就不足为怪了。唐鲁孙与明后裔的第十二代袭封的一等延恩侯朱煜勋有过交情，他看到过朱煜勋做的太阳糕，却没有吃过。但每年农历的二月初一"这位延恩侯朱煜勋所捏的大公鸡的影子，总是在我的脑海里晃荡几次呢！"

真有意思哈，清代各朝对谁都不手软，该杀就杀该剐就剐，对明代的后裔却仍是封侯，每年支付岁俸八百元。冯玉祥把清朝最后一位皇帝赶出京后，朱煜勋还凑资去天津"叩见故君"，感谢清君的封侯。不知现在"太阳神"的后代怎么样，是不是还在善待中？

肖钉说，中国的太阳神不应是崇祯，应是毛泽东。他说就是现在，在很多偏远的地方，在一些生活很艰苦，资讯不发达的地方，好多人的家里都还供着毛泽东的像，人们对毛的崇敬岂能是吃太阳糕所能比的。

这种现象我是相信的，用句港台话说是"我有看见过"。我在藏区见过；就是在成都的近郊（十八步岛上，现在已是一个"高档"住宅区了），我也曾见到一农家在堂屋里供着毛的像，在像的面前烧着香，还放着水果，人们的确是把毛泽东当成了可以拯救自己的神。

"东方红，太阳升。中国出了个毛泽东，他为人民谋幸福，他是人民的大救星。"这首歌在我们这个年龄段的人都会唱，想来肖钉也不例外，毛老像太阳一样从东方升起，说他是中国的太阳神也就不足怪了。

其实毛泽东岂止是太阳神啊，他老人家简直就是当时人们的主啊，就是神也在为他的意志做事。林彪说"毛主席的话一句顶一万句"，神是办不到这一点的，只有主能如此，想怎么着就怎么着。

所以如果毛老人家是主的话，周恩来才该是太阳神，他日理万机，如阿波罗每日驾金车在天上行走。呼儿嗨哟，他才是中国的太阳神。

二〇〇六年十月十九日

这是一个安桶儿的世界

有一天我跟我的朋友汀汀说,好想去买彩票,中了五百万,我就不用像现在这样劳累了。汀汀是个做园林生意的,与各界人打交道,见识广得来可以称得上是百科全书。他一听我说这样的话,一句怪话就出来了,说我怎么也做起了天上掉馅饼的梦来了,这个世界没有馅饼会从天而降。我说有人已中过大奖了,他说那是比得艾滋病的概率还小。哪怕只有两元钱的成本,如果老吴去做了,他也会鄙视我的。

汀汀语重心长地对我说,这个世界是一个安桶儿(四川方言,设陷阱的意思)的世界,一个桶儿比一个桶儿安得深,哪个跳下去哪个倒霉。你如果听到哪个在光天化日之下给人讲几十万几百万的生意如何如何的,那肯定是桶儿,千万不要相信,哪个跳下去了,哪个是瓜儿。

有人太重利,就有人会用你这心态来设局,让你上套,你看利,我就用利来诱你。的确也有很多人一看到利来,眼里就没有其他的存在。我相信人人都知道一些骗局的形式,多得不得了，如果要出一本书的话，不知要分好多卷。我就不举例了。

乞讨人利用人的同情心讨钱，骗子们也利用起了同情心，以生活的艰辛，以同学以亲戚以他奶奶的……名义，只要能让你的心发软，他们就什么都干得出来。

最近看到一则《最新骗局》，现贴于此——

一位上班的小姐在下班回家的路上看到一个小孩子一直哭，很可怜，然后就过去问那小朋友怎么了。小朋友就跟那个小姐说："我迷路了，可以请你带我回家吗？"然后拿一张纸条给她看，说那是他家地址。然后她就笨笨地带小孩子去了，一般人都有同情心。然后带到那个所谓小孩子的家门前以后，她一按铃，门铃像是有高压电，就失去知觉了。隔天醒来就被脱光光在一间空屋里，身边什么都没有了，她甚至连犯人长啥样子都没看见。

现在人犯案都是利用同情心啊。如果遇到类似这种的，千万别带他去，要带就带他到派出所去好了，走丢的小孩放到派出所一定没错啦，请通知身边所有女性，为了广大女士的安全，如果你遇到这样的事找警察吧。帮人也得小心哦！

在这个桶儿的世界里，总是要把人人都搞得铁石心肠。

二〇〇七年四月十二日

得儿圆

汀汀是我很要好的朋友，今年是他的本命年，过生日的时候他要找几个朋友聚一会儿，就在一个高档的酒楼包了一大桌。请来的朋友五分之四我都不认得，一一介绍后才发现都耳熟能详，事迹都在我脑子里存放了多时，只等我来对号入座。

这帮朋友有一半都是做园子的，卖花卖树，很是风光，个个都是"比尔盖吃"。我坐在其中，真是腰都直不起来。一会儿听说一棵树是几十万元，一会儿又是三百万元卖了几苗兰草，一会儿是一桩生意打倒了，几十万元没有了，话语的从容，全都是能指点江山的主。

曾听说小冯不喝酒的事，说他有一次喝了一瓶藿香正气液被交警抓住去验血，这天我又听他本人说，一天一碗酒精放在他面前，他就被熏醉了。而且他的文化程度之低，直让他能大度地让人们评说，绝不辩解，微笑着面对大家，还很有些慈祥的样子。他刚说了一个"成温"的地方，大家都不知所云，汀汀说，你是不是又说白字了。他看着汀汀，一言不发，期待着汀汀的更正，汀汀说："你是不是把成蕴，说成成温了？""是读蕴啊，对对对，我是说别人咋这样子说。"

于是汀汀又说了一个他读别字的事，说一次小冯等人吃饭，他跟朋友在电话里大声地说，我在卡氏菜根香门口，成都哪有卡氏菜根香啊，朋友们都知道是"卞氏"，席上大家又笑了一盘，小冯也跟着笑，笑得很谦逊。

我对面坐的一个朋友，绰号叫"得儿圆"，虽说他姓什么、叫什么都介绍了多次，我至今还是想不起来了，只晓得"得儿圆"，而且一想起来就忍不住要笑，每当我不得不面对他时，我觉得我的笑很不礼貌。

当然，要说说这名字的来历。汀汀的汽车牌号是"川A·U"开头，一次他在某地办事，被这位朋友看见了，就立马打电话给汀汀，汀汀哪里肯信呢，于是朋友急了，说，你有车牌号那个："川A、A、A、A、A、就是那个得儿圆啊……"他不认得那个"U"，就形象地说成"得儿圆"，汀汀信了，从此汀汀就给他取名"得儿圆"。他也跟着大家笑，一样地从容，没有一点赖账的样子，不过脸微微有些红，不是尴尬，是腼腆。

在这里说文化的高低和赚钱的关系是非常丧门的一件事，他们有几个只能在合同上签写自己的名字，内容只能听别人念，然后也就只能相信别人的诚信。听说有个朋友请秘书很特别，恐怕全世界只有他一人是这样的，他和秘书是并排坐在办公桌前与客户谈业务。

但有一点是让我不得不佩服的,他们对业务的熟悉,对花草树木的了解,不亚于对他们的儿女。什么温度湿度光照……博士学位的专家恐怕也比他们了解多不到哪里去了。

二〇〇六年十一月二十一日

林老师的"人生四诫"

《南方周末》的首席记者章敬平，震后采访灾区，到成都时约见，席间自然说了很多见闻，他不愧是博士，博闻强记，博学多才。不知怎么的，就说到了慕容雪村，说到了慕容雪村的名作《成都，今夜请将我遗忘》，我说我记得书中的一句名言"遇事先把水搅浑"。他与在座的人都说有意思，想知道全诗是怎么样的。

慕容的《成都，今夜请将我遗忘》我有三个版本，当然也就读了几次，而且经常把书中的"人生四诫"作为谈资，没想与敬平兄一聚竟然短路记不得全了，一时颇为失落，他们倒还通达，说回去找到后发短信给他们。

前不久看孔宪铎的《背水一战》，孔先生的人生哲学让他从纱厂小工当到了大学校长，很成功。而慕容作品中的林老师的人生哲学，却让林老师死不得其所。

慕容谈林老师的文字不多，我抄些下来，奇文共欣赏。

林老师是个笑眯眯的小老头，矍铄干练，一尘不染，一年四季打着领带，好像随时要去联合国大会演讲，他从不在黑板上写字，唯恐粉笔灰弄脏了衣服。笑眯眯的林老师有一个容量惊人的脑袋，知识渊博得让人愤怒，天文地理、三教九流、社科自然，没有他不知道的。每次讲完正课后，他都要来上一段野史，比如列宁的梅毒、诸葛亮的痔疮、玛雅文化覆灭的原委，听得教室里笑声不断。毕业喝散伙酒时，老头被我们灌得找不到厕所的门，第一次把领带取了，醉醺醺地说我再给你们来一段好不好？大家拼命鼓掌，林老师摇摇晃晃地站在前面，沉吟半天，说今天的话就算是临别赠言吧，我一生吃了不少亏，希望你们不要像我一样。

那就是著名的《人生四诫》：

不为婊子动真心，

不为口号去献身；

见了领导要识小，

遇事先把水搅浑。

留美博士、著作等身的林老师一生未娶，到死都是个副教授。有时想想，他这一生，该有多么郁闷和辛酸啊。关于《人生四诫》的最后一句到今天我才算真正明白：清白无法自证。被人泼了污水，光辩解自己干净是没有用的，最好的办法就是让泼水的人也沾上污水。

林老师一生风纪俨然，死的时候却极不光彩。他洗澡时发了心脏病，赤身裸体地倒在马桶上再也没能起来，身上屎尿横流。那是七月份，他的尸体在几天后被发现，一群苍蝇正贪婪地撕咬他一生微笑的脸。

唉，可怜的林老师。同样留过美的孔宪铎老师跟他的结局就很不一样，当上了校长，与当时的中国高官有很深的交情。孔先生的人生哲学是"忍辱负重"和"我做人的基本原则是不在客厅里批评主人"。

我把林老师的《人生四诫》发给了章敬平，没有得到回评，看来他并不赞同。但我想信奉与实践的人不少。

二〇〇八年八月九日

婊子与牌坊

婊子与牌坊,是女人们有所不为和有所愿为的情结。

"又要当婊子又要立牌坊"是骂人的话,既然是骂人的话,当然就缺乏理智。难道当婊子就不能做点好事?

我们为什么要苛求当婊子的呢?

我们处处都在讲辩证法,试想想,不当婊子立牌坊来干什么。一个平凡的女子,无论她多么贤淑,多么具有中华传统的美德,她要想立一座贞节牌坊都是不太容易的事。书上说:一个女子死了丈夫,再不嫁人,就可以立一个贞节牌坊。如真这样的话,中华大地上立起来的牌坊加起来绝不会比长城短。再说了,谁又能保证贞节女子的内心没有潜在做婊子的情结呢!

所以我们至今不知道有多少贞节女子立过牌坊,即使我们站在一座牌坊的下面,也并不知道这座牌坊是为谁而立的。岁月把贞节女子的名字抹得不留一点痕迹,只将贞节凝固成一座座造型别致的石头,冰冷又无生命,面对它,我们不知道它在给我们诉说着什么。

然而婊子就不同了，她能活生生地站在你面前，充满生机地向你微笑。

对于婊子，随手拈来，我们随便可以叫出一长串的名字来，这些名字让无数英雄竞折腰。苏小小、鱼玄机、李师师、章台柳、董小宛、柳如是、陈圆圆、赛金花、小凤仙……谁又能说她们不是我们中华民族的骄傲呢？其实，她们的名字就是一座座牌坊，是靠她们以婊子的身份立起来的，她们的形象至今仍很鲜活。

如果她们不当婊子，而在家中养蚕纺纱、织布绣花，我们又怎么能让她们成为我们文化的一部分呢？

我这样说并不是提倡女人都去做婊子，有所为有所不为，大概实实在在做女人才是原则，跟婊子和立牌坊无关，何况并非当了婊子就真的能够立起牌坊来。

二〇〇五年七月二十二日

这个世界会好吗？

周五的时候我才听到麦家说他不吃鸡，我问他为什么，他说不为什么，他要做到每年少吃一样动物。也就是说长此下去，总有一天他是要吃素的。

对吃素的人我十分地尊敬，觉得他们十分了不起，似乎他们都有超人的毅力。但要我吃素却是很难办到，几乎连尝试都不会。

史幼波是我知道最坚持的人，不仅如此，而且他还写了本书叫《素食主义》，通过文字来影响一些人。

周六的时候与肖平见，想与他去吃一顿，他却说：你可能不知道，我现在在吃素了。我大大地吃了一惊，他干豇豆一样的身材也学会吃素了，我十分地担心，他需要营养啊。

他说他看了史的《素食主义》就慢慢地开始吃素了，我说你不是早看过了吗？怎么现在才吃素呢？他说以前没有认真，现在认真了。不过他安慰我说，我以后胖给你看，当初史幼波瘦，现在不是也胖起来了吗，吃素也会让人长身体的。

最近我见到过史幼波,身体真是越来越好,我无话可说了。肖平吃饭不喝酒,我已认为很无趣了,现在连肉也戒了,不是更无趣了吗?

想到了明雨,上次在电话里他跟我说他戒酒了。这简直是不可思议的事,平素比我更爱酒的一个人,除了书就是酒,没有别的爱好的人。

我突然觉得自己很孤单了,我也知道做一个肉食主义的人也未必好,但仍是不甘心,就问肖平:"你看佛经,佛说见到女人就像见到骷髅就不会产生邪念,你办到了吗?还不是要结婚生子,怎么一看到史幼波的书就要吃素了呢?"

晚饭的时候,我们各人吃了碗面,我要的是素椒面,他要的是两个鸡蛋的煎蛋面,我说鸡蛋是素的吗?它可是小鸡的母亲啊。肖平说,反正史幼波都要吃蛋。

也许吃素的人越多,这个世界会越变越好,人人的身体都会很绿色吧。

可是,这个世界真的会吗?这好像是梁漱溟的书中的话。说出来真有些伤感。

二〇〇七年七月十七日

三 件 事

与夏公述贵、贺兄宏亮聚丰涛根子黄喉火锅。兴起时向他二位立愿，说，在五十岁前我要做三件事：一是学会管理，以后能经营成功一家小公司就行；二是学会英语，不在于会不会对话交流，能看懂书籍和上网就行，还有个好处就是能与女儿共同进步；三是学会写作，要当作家，希望能挣点稿费贴家用。

夏公说，三件事中最难是英语，"保你会不了"。管理嘛他认为我现在也在管公司，早就会了，这是他偏见，要是我有管理之才，便不会说出要学会管理的话来。还是我的头头知我，要我多看点管理方面的书。至于写作，当作家，夏公说："你早就是作家了嘛，都是作协会员了还不是作家？"甚至恭维我说，我的文章比好多作家都写得好。我说不是，在我眼里作家并不是等于文学家的，能写字出书的人都是作家，不管他写的是什么。作家是一种职业，我更喜欢做像房龙、贡布里希那样的作家。

宏亮兄是全才，英语了得，可以译论文。他也是书法家，这天他送我题字——最近。他支持我学英语，说是要送一本词典给我背，保证能到六级。

　　五十岁离我并不是太远的距离，这两天突然觉得这三件事真不是那么好成。花了些时间在英语上，记单词就是件头痛的事。记忆力下降是主要原因，记住了后面的就忘了前面的，要从头到尾来，又没有了时间做其他的事。虽然现在并没有放弃，但要在五十岁前看懂英文书，悬。

　　管理嘛，越来越不像是我这种人做的事。发现自己还是很喜欢做做策划，一说到图书的选题劲就来了，什么都想得到，说到管人管事头就痛。管理书看了也等于没看，在管理中我发觉做人比什么都重要，不会做人就什么都做不成。

　　看来作家梦还是要好实现些，虽然现在还没有动笔写的意思，但想法倒是不少，给朋友们说了些，都认为还可以期待。有人说人一生只做一件事，做成功就很不错了，为什么偏要做三件呢，不是自己跟自己过不去吗？

二〇〇八年十二月二十九日

散步，一举三得

其实我是很不爱动的人，自查出血糖高得离谱后，为了保命，不得不注意自己的生活习惯了。除了在吃的方面不敢有妄念外，最好的降血糖方式就是散步了。大半年来，散步让体形也像我的兄弟——"顺溜"了，而且血糖真的就好太多了，除了餐前稍微不理想外，餐后可以说是绝对的正常了。

不过，前几天大意了一下，走路少了，晚上还喝了杯咖啡，冲的一下就上了十点五（要是股票就好了）。看到上升的血糖，想到曾经视力的模糊，心就打战战。

惯例，一出门就往购书中心走。新购书中心开业以来，每次散步都去逛一圈，于今买了有百多本书了吧。每次去都希望有新的发现，几乎没有空手回家过。

说是散步，其实也极不准确，不是那种闲庭信步式的享受，而是急走。原因嘛有三：一是要出了汗才会有降血糖的效果，走得慢就得多走；二是我也怕多走，浪费时间不说，而且中医有说"久走伤骨"，我总不能因为把血糖降了，又变成了"铁拐吴"不成；三是如果不快点走到书城，说不定刚进门就要关门了，汗都还没有冷就往回走，手里不拿本书，简直无法形容那沮丧的心情。买了书后，迫不及待地想翻阅，不由自主地又是快步如飞往家里赶，自然回家后是汗香加书香的享受。

今天的书城又在调整展台，建国六十年的书都摆在了最显眼、最重要的位置。我没有在这些书前停留，去了文学馆。

前段时间看了阎连科香港版的《为人民服务》，后又买了本他的《我与父辈》，阎氏是军队里出来的作家，我也当过兵，很早就喜欢他的作品，那是当兵的亲切感。《受活》是他备受称赞的长篇，虽出版有一阵子了，就是因为篇幅太长了，怕没有毅力读完，一直没有下手。最近读长篇还有兴趣，《明朝那些事儿》都读到第六卷了也没有厌的感觉，中间插看的《为人民服务》也读得轻松，一夜就读完了，想来《受活》读起来也不会受罪，就买了它。

接下来就发现了一本三联的新书《镜中爹》，作者是张至璋，是一本传记体小说。"购中"现在没有设出版社的专柜了，都按不同的分类进了不同的书架，真是苦了三联的书迷了。

更让人兴奋的是，一转身，看到了张大春的新书《认得几个字》，曾读过张大春的《聆听父亲》，说他是"当代最优秀的华语小说家"，真是一点也不为过，他写了很多书，不过目前大陆还出得不多。这本《认得几个字》做得很漂亮，凤凰卫视《开卷八分钟》梁文道曾介绍过，一直在期待这本书，大假之前得到了，真是与它有缘。

还有几本，也报一下名字，《多谢你的小费》（美国史蒂夫·杜伯兰尼卡著，其博文被评为二〇〇六年年度最佳创意非小说写作）、《掌中地图》（台湾学人散文，作者陈芳明）、《69》（日本村上龙自传体青春小说）、《老妇与猫》（多丽丝·莱辛作品，作品集，她的另一本写猫的作品是《特别的猫》）。

最后一本是兰登书屋加拿大副总裁兼创意总监查·斯·理查森的处女作《字母的尽头》，据说一出版就大获成功，在北美大受好评。出版人出的书，我总是特别关注，特别是回忆录性质的书，不过这本是小说。

该回家了，去旁边的肯德基店为女儿买她爱吃的新奥尔良鸡腿汉堡，这也是惯例，平时我做什么都未必能得到女儿的认同，每次为买回了汉堡，总是能看到她的笑脸，有句歌词叫"让我天天看到她的笑"，所以"让我累也好让我苦也好"，这件事是不敢忘的。

回到家里，把书翻一遍，正好是该测血糖的时间，七点八，良好也。

散步三得，得健康、得读书乐、得女儿笑。嘿嘿，幸福。

二〇〇九年九月十七日

没有风雨躲得过

从北京得的感冒还没有好完全,身上不是这里不舒服就是那里不爽,这么多天来,一直就没有伸展过。没想到两只脚的小腿又开始痛得厉害起来,而且发肿。开始并没有在意,以为劳累了,去洗脚房按摩一下就会好的,哪知道痛却是越发地重了起来。

站久了坐不下去,坐久了又立不起来。于是该做的事做不了,该见的朋友又老是往后推,眼看就要过年了,朋友们还以为我跩得很呢。

男人最怕的就是脚有问题,当然不敢掉以轻心,去查了血和尿,还好,排除了肾上的问题。这个问题排除了,却也没有找到真正的原因,手上的事铺天盖地地来,更深层的检查只有等到猪年来临了。

脚痛的唯一好处是,任何时候别人让你喝酒都可以不喝。如果有人不明白,我就把脚给他看看,一按一个坑,久久不能复原,来劝酒的人就只好说那就欠着了,以后补起。

一直搞不明白原因，只想自己霉得很，人过四十，一下子身体上的毛病就多起来了，这以前几乎就不知道病痛是什么。只能很阿Q地想，是不是老天想让我长寿，现在让受点折磨，知道活着不容易，以后要注意保重。斗地主输了，也想是老天在给我消灾。东西丢了就想是老天想让我们平安。有时气归气，阿Q了也真还可以平心静气下来。

当然病痛总不会白眉白眼地来，总有它的原因的，不是平时没有注意保养，就一定会有家族遗传。细一想，对我来说这两方面的都有。就从上辈遗传来的东东，在我身上体现得淋漓尽致。我几乎遗传到了父母方的所有病痛，没有一样跑脱了。一辈一辈走来，真是"没有风雨躲得过，没有坎坷不必走"。

痛风、秃顶、神经性皮炎、体虚怕冷……就是这几天的脚痛与脚肿，在我的印象中母亲也是有过的，我想这也是该算成遗传的原因，没想到今天听老爹说，他小时候也像我这样痛肿，很是痛苦。你看看，这跟遗传因子是不是很有关联？

前两天还很抱怨自己的命苦，怎么就那么多灾多难的，今天听老爹这么一说，反倒不怨了。既然是躲不过的人生风雨与坎坷，也就只有好好面对了。一下子体会到了父母的艰辛，心中踏实了许多。

二〇〇七年二月十一日

念念相续无有间断

邵秀华老师有特异功能,当明雨让我与她认识时我感受到了。

我是第一次跟她见面,双方可以说没有一点了解,在鸭王就完餐时她隔着明雨点评我身体,说是我在吃饭时传递给她的信息。

她说我的右腿有问题,我吃了一惊。的确,我的右腿年初的时候肿得厉害,一直都查不出原因,腿痛折磨了我好几个月,就算最近也还不敢说全好了。她还说我的母亲也是身体的右边没有左边舒服,这个我不敢认,因为我并不了解母亲的身体(真是个不孝的儿啊)。邵老师很自信地说,你母亲做的菜很好吃。这个我最有发言权了,是的,很好吃。我一直都想做一件事,就是把母亲做的菜仔细回味一下,把它写下来,那里面有很多的故事,相信出版后是很好看的一本书。

邵老师说我的身体状况不容乐观,说我的左眼会有问题。我说我的眼睛可是出奇的好,很远很小的字都能看清楚,她却不以为然,认为只是目前还"好着"而已。没有人愿意自己的身体出状况，现在高血压还困扰着我，时不时地头晕。真希望有什么妙方能一了百了去除病魔，但邵老师是不主张吃药的，她说我这身体吃药也没有用。

放心吧，你现在还挂不了（台湾话，死不了的意思，邵老师是台湾人），她说你不是在四川吗？可以去峨眉山金顶诵"普贤行愿经"。平时也要读"普贤行愿经"，保证身体会好起来，要读一万遍。

我不知道读经是什么概念，反正我晓得是很难的，一是古文功底差，二是很难读得懂，我曾读过从台湾龙山寺带回的《金刚经》，就没有坚持读下去。邵老师跟我说要读一万遍的"普贤行愿经"时，我还不知道有这么一本经书呢。

邵老师安慰我说没关系要不了多久就可以读一遍，她说开始不懂，要难些，她也是如此，现在她四十分钟就可以读一遍了。

明雨说他那里正好有一本《华严经普贤行愿品》，就是邵老师说的"普贤行愿经"，我可以带回去读。明雨后来对我说，要你读一万遍，可见问题有些严重了，要读，不懂没关系，读多了会改变心境的。

回家来真的读了，发现真的很难，怎么读都不顺畅。读着读着就让我犯难了，如果一天读一遍的话，一万遍要三十多年才给完成，也就是说我如果还要有身子骨做点事的话，得一天读上很多遍才行，如果一天到晚都读的话，看来我只有出家了。

为了加深理解，我想干脆我抄吧，虽说慢些，但有助于理解，说不定菩萨看我心诚，抄一遍当十遍百遍也说不定呢，更有甚者，说不定若干年后我会因抄经成为一个书法家，自己有收获，也广播了行愿经。

　　普贤菩萨告善财言：是故汝等闻此愿王，莫生疑念，应当谛受，受已能读，读已能诵，诵以能持，乃至书写，广为人说。就是要广播此愿的意思了。

　　邵秀华老师是宋庆龄基金会喜舍基金管委会主任，资助了很多需要帮助的人，她的话我信。

　　抄经是很难的，不好坚持，还好我会五笔，敲打一遍比抄一遍快多了。"读你千遍也不厌倦，读你的感觉像春天"，"菩萨如是顺众生，虚空界尽，众持界尽，众生业尽，众生烦恼尽，我此随顺无有穷尽，念念相续无有间断，身语意业无有疲厌。"

　　我不敢保证日诵几遍，但会"念念相续无有间断"是不言而喻的了。

二〇〇七年十月六日

刘人喜的一首神智诗

中国文字的特殊性,给中国的文人带来不少玩文字游戏的乐趣,因而中国文化也给人以博大精深的印象。什么藏头诗,回文诗,都让他们在其中领略到中国文字的无穷魅力。听说苏东坡是这方面的高手,写了不少这方面的好诗,据说他还发明了神智诗,意为开启人的智慧的诗。是不是他发明的,我没有去查资料证实,不过,从我见过的神智诗中,有些看来确实很有意思。例如"虫二",应读为"风月无边"就是神智型的。

写这种诗或文字,我认为只有两种情况,一是纯粹为游戏而作;一是为在某种不便直接表达的环境中不得已的行为。

虎年岁末,去富顺,在外公刘人喜的客厅里,见到一首他写的神智诗。他见我在诗前注目良久,就给我讲起了这首诗的来历。一九七四年的"文革"风雨中,他独自一人造访富顺的文物区千佛岩,见这里文物一件件被毁坏,著名的千手观音塑像面目全非,甚是痛心,感叹不已,却又不敢咏叹,遂写下如图的这么一首神智诗,略以记怀。意为——

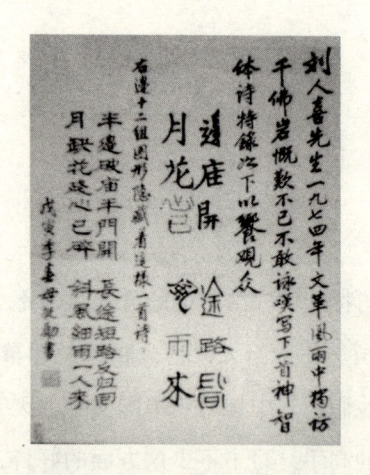

半边破庙半门开,长途短路反归回;
月缺花残心已碎,斜风细雨一人来。

转眼不足百日,外公刘人喜仙逝,睹物思人,不胜怆然。

二〇〇五年八月十日

张新泉为"最近文化"诗

"最近"是我给自己书房取的名字,后来我想做一些与文化传播有关的事情,想雁过留声,总得取个名字吧,于是就在一些地方留下了"最近文化"的字样,渐渐地留多了,也就固定了下来,做出的东西也还让人认同。

人的想法最接近,就能达到很好的效果,也就能让对方满意。再后来,有朋友说"最近"二字好,有最新、最时尚、最高等等的意思在里面,给我了"最近"一个英文名:Nearest,我虽不识英语,翻字典也知这个表达最对我"最近"的胃口。

一日向沙河老求题"最近"二字,当他给我写好一扇面时对我说:吴鸿,如果有人问你这二字的来历,你就告诉他们,这是一个西方典故,"条条道路通罗马,但最近的只有一条",就是这个意思。

真是太好的诠释了。

不久前,岳父张新泉应约也为"最近文化"题了首诗,由于我想把它裱进画框里,不宜过长,诗很短,短也是近的表现,最短也是最近。现抄于此,供大家欣赏——

最 近

人世间烟和火的距离

灵肉中睿和智的兄弟

禅言、佛语、混沌、明澈

原本是声息相通的邻居

连接当下与邈远

一级亲切的阶梯

二〇〇七年七月二十九日

吴亦可的画

我们的女儿吴亦可,今年三岁多一点点,平时拿起笔时就爱说"我要做作业"。其实无非是用笔在纸上乱画些东西,说这是什么,那是什么。在我和她妈妈看来,不过都是些乱七八糟的线条,说是什么都是牵强附会。

在女儿的教育上,我们从来是放任自流,她要做什么就做什么,全由着她的性子来,我们从不干涉。数数也好,背唐诗宋词也好,至今我们也没有教过她。我们始终认为,只有让她毫无负担地永远以惊奇的目光面对这个世界,她才会充分地发挥她的才智。当有人为他们的子女能识数多少,或是为能背多少首唐诗宋词而沾沾自喜时,我总是为他们感到悲哀。子女在这方面的"聪明",不是子女的骄傲,而是做父母的在用子女的"聪明"在自己的脸上贴金。

我们没有教女儿什么,却并不影响她对这个世界的好奇心,她用她手上的笔,尽情地描绘她眼中的世界和她对这个世界的理解。

一九九九年三月四日晚上八点刚过,我在带她的婆婆那里,看到她拿起一支笔,在一张废挂历纸的背面,画了一幅人像,着实把我和在场的人惊住了。无不惊叹她画得好和妙,让人立即想起了毕加索画的特点。看着无师自"通"的女儿,我为她的这份"天才"智慧而欣喜,这可不是往自己脸上贴金,而是女儿确实让我骄傲。

下面的这幅画就是我女儿的画,她告诉我们说,她画的是篮球眼睛的娃娃。我叹服她对球迷的观察和理解以及她的表达方式。我希望她能画出更多更好的画来,画出她眼中的世界,

让我们在一声声的惊叹中，找到一个童真的世界，无邪又充满遐想。

最近，她们幼儿园成立英语班和画画班，英语班必上，画画课可选上。一句话，交钱。虽然我们都很反感这种生财之道，却还是两门功课都报了名。因为，如果不这样的话，在上画画课时，我的女儿就会被叫到一边去，只能在一旁看着别的同学画画。有谁愿意自己的孩子被晾在一旁呢？于是，所有的家长都为自己的孩子报了两门课的名，交了钱。何况，我们的女儿又在画画上有"天赋"，启蒙也是需要的。只是我们祈愿她的这天赋，不要因为教条的上课给扼杀掉了。

二〇〇六年六月三日

大猪小猪落玉盘

女儿吴亦可说,他们的老师要家长开学时交一份观看他们新春音乐会的文字。女儿和老师有令,自然是不得有违,写下些空洞的文字算是交差。

新春音乐会各式各样,够多的了,但我从来没有正式地参加过。好的轮不上我,一般的我又不愿去。所以一说到新春音乐会,我是没有什么感觉的。

女儿现在十岁,龙江路小学五年级六班的学生。他们的班主任唐月悦老师要带领他们举办一台新春音乐会,而且是在成都艺术中心有名的娇子音乐厅。

龙江路小学要做就做最好的,我支持,这也正是龙江路小学成为名校的原因。说实话当我听说时还真有些不敢相信,我想一台音乐会要多大的人力物力啊,一班小孩子能行吗?

听说五年级六班的学生是龙江路小学学习各种乐器种类最多的,成立一个乐队是有条件的。

女儿学的是琵琶,参加的是民乐合奏《彩云追月》,由于她学得较晚，所以比别的同学更加地努力，每天都要练很久，我和她母亲都不会任何乐器，只有靠她自己努力了。

排练的过程总是辛苦的，女儿却没有一点的怨言，生怕自己做得不够好，看到她能认真地对事情，当父亲的自是很欣慰。

让我很感慨的是，他们的音乐会还要卖票，而这些票都要他们自己去推销。我们都想帮她，想动员一些朋友去买，可是女儿就是说什么也不答应，硬是要和同学们一起去卖。我和她妈妈偷偷地在书城去看他们卖票，真是让我们动情，我们的女儿居然真的敢跟生人打交道，尽量去说服大人买票，大半天下来虽没有卖出多少，但我们都看出了他们的那股热情与自信。她相信他们的演出会非常成功，别人会喜欢的。

一月十九日我们全家有十人观看了在娇子音乐厅的新春音乐会，偌大的音乐厅几乎坐满了人。舞台布置恢弘，与一场明星众集的演出相比，毫不逊色；学校、家人和爱好新春音乐会的人都十分关注这场演出。这么大的场面，相信龙江路小学也是第一次组织。这晚上台的演员们在家长在老师，在所有关心这场演出的人来说，他们今夜最耀眼。

相信每位家长对这台演出的节目中最深印象的一定是自己的孩子出场的那一刻,还有就是和父母一起在台上唱《同一首歌》的场面。

有的家长没有参加到这场演出，很是遗憾，有的还写信来表达无限遗憾的心情，唐月悦老师深知这场演出大家所付出的情感，动情地宣读，让我们也忍不住眼眶都湿润了。

我最大的幸事就是，没有错过这场演出。在我与她妈妈的心中，女儿的演出，与维也纳的新春音乐会、帕瓦洛蒂的演出、多明戈的演出一样重要。

五年级六班的同学几乎全部是一九九五年出生的，农历猪年，我很佩服他们的唐月悦老师，给这台演出取名为"大猪小猪落玉盘"。非常地贴切。

就像老师、同学和家长一起在《同一首歌》里唱的，我们都怀着同样的期待，相信这些"大猪小猪"一定会成为"大珠小珠"。

二〇〇六年二月十九日

我是摄郎

对搞摄影的，我把他们分为四个级别。

一级是摄影家，在我的眼里他们"最港"，也就是最牛B的意思。他们的作品都是艺术品，都是创作。看起都是用镜头对着一个物体或景象，但成像后却是振奋人心的。

以前不明白为什么，自从有一次参加了陈锦（四川的青年摄影家）的一个摄影沙龙后才知道，什么是好照片，什么是摄影家。

好的摄影家无论用什么样的相机都能拍出好作品来。摄影家的照片，就是画家的一幅画，是文学家的一部优秀作品，是音乐家的一首得意曲子，别人可以模仿，但是永远也不会有摄影家作品的魂。

从价值上讲，摄影家的创作都是无价宝。

一级是摄影师，这是干技术活的，非常的职业，对光对色彩都特别敏感，有他们自成一体的美学原则，往往能把一张照片拍得好到极致。因为专业，所以美好。干这类活的人现在很吃香。现在是视觉的时代，好的表达的确能给人忘不掉的记忆。当然，也给人们不能相信自己眼睛的感受。

这伙人都很有派头，拍一幅作品要很多的助手，在以前还会浪费很多的胶卷，现在是数码时代，他们的储存卡肯定有好几个G。他们跟摄影家的区别是，他们靠干活吃饭，作品卖得越多，他们的积蓄才会越多。他们的作品只能给人以好的感受，却不能有摄影家作品的震撼力，不能真正撼动人们的心，他们再好的作品也许过一段时间人们就忘记了。而摄影家一生或许只要一幅作品就够了，人们永远都记得住。

下一级，书面的谦虚的说法就是"摄影爱好者"了，时尚点的说法就是"摄影发烧友"。这帮人对自己在摄影方面的能力都很自信，在他们的嘴里你一定听不到一句谦逊的话，他们认为自己的作品绝对是最好的。

如果有一幅作品被哪家刊物发表了，他们会写进自己的简历，会在嘴上挂很久。这个群体的哥们儿往往都很注重摄影设备，有时武装起来是不惜代价的，十多二十万元的投入对一些发烧友来说是小儿科。他们认为摄影器材好了，什么样的好片子都能拍得出来。

还有一级就是把照相机看成一种玩意儿，平时出去的时候拿出来东拍拍西拍拍，留个影做纪念，或者就是图个乐子，好看就留下多看几天，不好的立马就删掉，看起来好像十分随意，其实有时也能派上用场。

　　这种人因为我看到的是男性居多，我称这群人为"摄郎"。摄郎也可称为色郎，他们对取景布局和颜色也自有一些理解，颜色感染了他们的眼睛，他们就会端起他们的相机。摄郎的相机绝对不会有多高级，一般都是我们说的傻瓜相机，三五千块钱一部就了不得了。不用调焦距和转光圈，只需凭自己的好恶按按快门就行了。

　　我就是摄郎。目前用的相机不过是"索尼"T9而已，以前曾用过"禄莱"与"莱卡"傻瓜。前三个级别我是够不上，也没有能力做到，只配当摄郎。我的作品只有两个用处，一个是寻乐子；一个就是有时用在自己的出版物上，既有开心的一面，也有节约成本，不支付别人高额版税的好处。

二〇〇七年二月一日

2012，龙年第一日

一

昨天是除夕，女儿很高兴，说"明天终于可以睡个大懒觉了"。

她高兴地与姥姥姥爷一起放完烟花后，我说，我明天要去看奶奶，问她去不去。

她说要去。我说：要起很早喔。她说我晓得。

晚上回到家，给吴献去电话。问豆妹去不去。他说他问问。

豆妹今年十二岁了，二〇〇八年奶奶走后，她常要抱着奶奶的衣服才能入睡。除夕夜她跟她妈妈在姥姥家住。

吴献回电话说，豆妹要去。我此时虽在看春晚，眼泪还是一下子就涌上来了。

原来我们家庭中的每位，平时嘴里都不提及母亲，却一天都没有忘记过。

没有妈妈的春节，没有奶奶的春节，在我们和孩子们看来都不是完美的春节。

懒觉没有一个睡。

九点多,我们四人一起去接豆妹,驱车去了龙泉长松寺公墓。买了母亲生前最喜欢的黄菊花,奉在墓前。

吴献说,他昨天就听到了妈妈的声音,昨晚就想来了。对于母亲的去世,最放不下的是他。

我跟他都非常深刻地体会到了"树欲静而风不止,子欲养而亲不在"的切肤之痛。

二

中午回到家里,简单地吃了饭。大家都太疲倦,昨夜都没有睡好,我躺在沙发上睡着了。女儿与十七在做什么我不知道,她们怕影响我睡觉,关了电视。当我醒来的时都快四点了。发现女儿边在玩电脑,边在做作业。

真是搞不懂,她居然有这个本事。要是放在我的童年,父亲也好母亲也好,肯定会好好教训我的。

不过我才不管呢。我跟很多朋友在探讨教育时都说过,我只需要我的女儿健康地成长,成绩我不看重。她能做她喜欢的事,她今后就会有成就。

看着她与十七高兴地边说边笑,为了买苹果手机,她不愿多花我们的钱,她要拿出她的压岁钱来,只让我们象征性给一些。这样的女儿,应该有个好的童年,不要给她学习的压力。

三

中午可能吃得多了,睡了一觉起来,感觉很胀,眼看晚饭又要来了。

我说,我出去走走,到书城去买些书回来看看。

龙年是我的本命年,据说本命年要系红裤带,穿红内裤,戴红手圈。而且这些都要母亲买。

母亲不在了,十七说她妈妈给我买了。她也给我买了红手圈。

昨天姐姐从北京回来,要去看看有茗堂茶楼。在茶楼里,大家欢聚一堂。她拿出给我买的礼物,她说弟弟本命年,这些东西应该是姐姐买的。红裤带,平安符,还有观世音琉璃车挂。

裤带和平安符上都穿着小小的玉符,她一一地给我讲这代表什么那代表什么。她说她选车挂时选了很久,这个观音的面部最好。姐姐只是我的表姐,不是亲生的,却担当起了长姐为母的职责,我都不敢多看几眼,怕当着大家的面眼眶又红起来。

在去龙泉看妈妈的路上,吴献给我挂在了车上。

出门时,十七问我戴哪个好呢。我说一只手戴一个吧,她说还是戴姐给的那个吧,因为那是平安符。她亲自给我戴上,我出门去书城了。

四

天很阴,下着小雨,细细的,也打不湿衣物。

本想好好地在书城里待一阵子的，一进门就听到广播里说今天五点就关门。拿出手机一看时间都四点四十多了，也没有多想，顺便拿了朱天心的《古都》，张翎的《睡吧，芙洛，睡吧》，丁冬编的《风雨同窗：十九桩刻骨铭心的人生往事》。

看到展台放着南派三叔的《盗墓笔记》，终于出全了。这是非常畅销的书，我知道，以前并没有阅读的打算，后听同事吴珍华兄说，写得真好，值得一读。自读了当年明月的《明朝那些事儿》后，我对这类书的认识有了改变，有闲时看看的想法了。

回到家里，如厕读了两章，果然比一级作家们的强。看来这几天会迷到里面去。

看到《明朝那些事儿》又出新版本了，心痒痒的，待搞清楚了品相再做决定吧。

五

晚上，父亲来电，让我回去吃饭。

正好此时十七已把白米粥煮好了，我就说算了，反正明天我们还要与姐姐一家聚的。

终于有二十四小时没有喝酒了，白米粥下泡菜，真是人间极美。

父亲在电话里说，他最关注的是我的身体，挣钱并不那么重要。他希望我有个好身体，有平静的生活。

他随时都要问起我的身体的各种指数,特别是血糖的。哪怕有时我是骗他的说控制得很好,他都会感到很欣慰。

六

午觉睡得太久了,注定今晚又是不眠夜。也好,与南派三叔见。

二〇一二年一月二十三日